독락당
잡필

독락당 잡필

발행일	2024년 8월 30일
지은이	박 상 엽
펴낸이	박 서 연
펴낸곳	가망불망
출판신고	2017.4.3. / 357-2017-000002
주소	인천광역시 강화군 선원면 중앙로 253-1
전화	010-9845-5999
이메일	seoyeunn@hanmail.net

ISBN   979-11-963306-9-9 03810 (종이책)   979-11-963306-7-5 05810 (전자책)

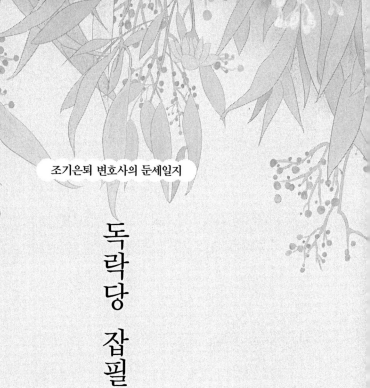

조기은퇴 변호사의 둔세일지

독락당 잡필

박상엽 지음

가망불망

머리말

　창랑의 물이 맑으면 갓끈을 씻고, 흐리면 발을 씻으라고 했다. 세상이 제대로 돌아가면 나아가 뜻을 펼치고, 어지러우면 자연에 숨어들어 은둔의 삶을 살라고도 했다.

　성현들의 말씀을 앞세워 지사연(志士然)할 생각일랑 없다. 그럴 입장이 되지도 못한다. 나름 젊음을 소진하며 열심히 살아왔다고는 하지만, 용렬한 중늙은이 신세가 벗어날 수 없는 현재의 신분일 뿐이다.

　강산도 변하고, 세상의 인심도 변한다. 세상을 살아가면서 세월의 흐름을 거역할 수는 없다. 5년 후, 10년 후, 20년 후를 내다보면서 삶을 살아내는 자만이 제대로 된 삶을 살 수 있다.

　「낙화(落花)」를 쓴 시인들의 고운 심성을 흉내 내고 싶은 욕망을

간직한 지 오래다.

'꽃이 지기로소니 바람을 탓하랴'

'가야 할 때가 언제인가를 분명히 알고 가는 이의 뒷모습
은 얼마나 아름다운가'

기억력의 퇴화에 따라 전부의 암송이 가능했다 말았다의 주기
적인 반복 속에 50대 후반과 60대 초반이 훅하니 스쳐 지나갔고,
60대 중반을 넘어 후반으로 치달리고 있다.

실력이 부족한 변호사임을 늘 자책하면서도, 다른 한편으론 의
뢰인들의 경제적인 사정을 가급적 배려하면서 작은 사건 큰 사건
가리지 않고 종결될 때까지 최선을 다하고 있다는 사실 하나만을
위안 삼으며 자리를 지켜왔다.

그러기를 32년, 짧은 세월은 아니었다. 검은 머리털은 은발이 되
고, 동안(童顏)은 늙수그레하니 아버지 얼굴을 닮아갔다.

한편, 최근 들어 사법 체계에 급격하고도 많은 변화가 있었고,

어느 모로 보나 합리적이라고 볼 수 없는 판결들이 등장하기 시작했다. 급기야 공정과 정의가 과연 존재하는가에 대한 의심과 회의가 팽배하기에 이르렀다.

불의와 불공정에 대한 저항을 포기한 채, 오히려 야합과 부화뇌동의 태도로 나아가는 지식인 사회를 부끄러워해야만 했다. 그로 인한 자괴감이 이 몸으로 하여금 은퇴, 조금 감성적으로 표현하자면 은둔의 길을 선택하게 만들었다. 이런저런 곡절 끝에 목천(木川)골에 세칸집 '독락당(獨樂堂)'을 열어 둔세(遁世)의 길로 접어들었다. 백면서생의 처지인지라, 누옥을 세우고 치장하는데 이명규 처장과 김영배 교장의 신세를 톡톡히 져야만 했다. 이 자리를 빌려 두 분의 배려와 보시에 감사의 뜻을 전한다.

여기 수록한 글들은 '독락당' 생활 2년 동안의 일상을 기록한 모음이다. 칩거의 가장 많은 부분을 차지하는 것은 역시 독서요, 그 다음은 선영과 뜰의 잔디 가꾸기와 텃밭 농사를 통한 육체노동이 되겠다.

독락당 잡필

속세와의 인연은 거의 끊었지만, 독락당을 찾아오는 이들은 반갑게 맞아주고 있다. 기분이 내킬 때면 탁주 한 잔도 내놓는다. 곱게 늙어가고 있는 내자 양현석이 나의 은둔에 기꺼이 동참하고 있느니, 가끔씩 독락당을 동락당(同樂堂)으로 잘못 표기하는 경우도 생겨나고 있다.

밖을 내다보노라니, 무능을 자초하고 있는 대통령과 '특별법'을 함부로 마구 쏟아내고 있는 선량들이 안타깝기도 하고 고깝기도 하다. 답답할지고!

끝으로, 둔세인의 소소한 일상 기록의 출판을 허여하고, 편집을 비롯한 이런저런 노고를 아끼지 않은 '가망불망출판사'의 박서연 대표를 비롯한 관계자분들께 감사의 말씀을 드리는 바이다.

2024년 8월
독락당 주인
박 상 엽

차례

제1부

은일거사(隱逸居士)의 길

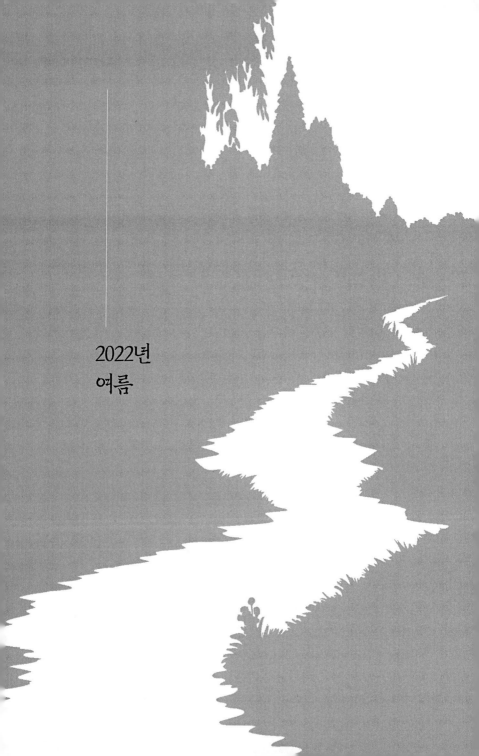

2022년
여름

6월

1일(수)

2022 지방 선거일, 투표를 마치고 아내와 함께 동곡(東谷)선영으로 이동하다. 예초기를 이용하여 풀베기 작업을 하다.

5월 초순에 심었던 고추와 가지 모종에 물을 주다. 완두콩과 쑥갓, 아욱을 수확하다. 아내가 신바람이 나다. 6시간 노동하다.

별서(別墅)인 독락당(獨樂堂)의 건축 공정은 지붕 테두리와 물받이 공사가 마무리되고, 누다락 설치 공사가 진행 중이다. 영세업체라 공사의 진도가 늦긴 하지만, 서동희 사장의 꼼꼼함을 믿는다. 독락당의 설계는 서 사장과 형제지간인 서관희 건축사가 맡아 하다.

4일(토)

아내를 대동하고 동곡으로 이동, 지난번 마무리하지 못한 풀베기 작업을 마저 끝내다. 청수동 아파트에서 독락당까지의 거리가

11.2km, 독락당에서 선영 입구 방죽까지의 거리가 11.2km이다.

3시간 작업하다.

11일(토)

여느 주말과 다름없이 아내를 차에 태우고 운전하여 동곡을 찾다. 작년 늦가을에 심어 가꾼 마늘을 수확하다. 거름이 넉넉지 않아 씨알이 굵지는 않으나, 야무지고 단단하다. 마늘들이 안주인을 빼닮았다고 한마디 툭 던지니, 아내가 허리를 펴곤 해맑은 웃음을 얼굴 가득 담다. 땅이 메말라 있어 고추와 가지에도 듬뿍 물을 주다. 산 위에까지 물을 실어 나를 수 없어, 농기구 보관 그늘막 위에 포장을 둘러치고는 거기에서 아래로 떨어지는 빗물을 모아두었다가 사용한다.

수확한 마늘을 배낭에 담아 등에 둘러메곤 하산하다.

6시간 일하다.

땀 흘린 뒤에 이어지는 재미의 쏠쏠함을 아는 이는 행복할지어다.

13일(월)

당뇨를 앓고 있는 아내가 병원 가는 날이다. 아침 일찍 집을 나서

아내를 옆자리에 태우고 차를 운전하여 '서울W내과의원'으로 향하다. 진료 후 한 달 치 약을 타서 귀가하다.

친구인 매당(梅堂) 이명규 형을 통해 「독락당」 당호 현판의 서각을 의뢰하다. 당호는 몸소 짓다. 「독락당(獨樂堂)」과 「선유당(仙遊堂)」을 제시하자, 아내가 「독락당」을 낙점하다.

현판의 필체는 매당의 손끝에서 나오다.

매당은 지역의 모 사립대 행정지원처장을 끝으로 명예퇴직한 벗이다. 오랜 기간 취묵헌(醉墨軒) 선생을 사사하다.

16일(목)

오후에 매당과 함께 차를 타고 독락당 공사 현장으로 이동하다. 매당이 벼루를 펼쳐놓고 정성껏 먹을 갈다. 심호흡을 하고는 붓을 들어 대들보에 상량문을 써 내려가다.

일필휘지, 거침이 없다. 매당이 친히 쓰는 상량문으로는 독락당이 일곱 번째쯤 된다나. 반쯤은 농으로, 사례로 막걸리 석 잔을 요구하다. 쇠뿔은 단김에 빼라고, 둘이서 마주 보고 서서 연거푸 잔을 비우다.

'西紀二千二十二年六月十八日 上梁, 應天上之三光 備地上之五福'

18일(토)

독락당 상량. 아내가 돼지머리와 떡, 과일, 술을 준비하여 진설하다. 간소하게나마 고유의식을 행하다. 매당과 김영배 교장선생 부부, 친구인 정수용 형이 바쁜 시간을 쪼개어 자리를 함께해 주다. 김 교장은 나와는 고등학교와 대학 같은 학과 1년 선배다. 경기도 성남시 소재 사립고등학교 교장으로 명예퇴직하다.

독락당 상량에 즈음하여 내 몸소 시를 지어 이를 읊노라.

우직하니 고향 지켜가며

율사의 길 걸어온 지

어언 춘추 서른둘

그 새 강산 세 번 바뀌었구려!

제 딴 열심히 산다고는 했으나

무심한 세월 흐르고 흘러

머리 위 허연 서리 내려앉고

기력 쇠해 눈 침침 귀 희미

칩거 보금자리 찾아

여덟 달 발품 끝

인연 닿아 마련한 집터

목천골 동평리 서래마을

별서(別墅)로 독서 사색 달콤한 휴식

벗 찾아오거들랑 음풍농월(吟風弄月) 담소하며

채마 심고 화초 가꾸리라

단출하니 방 한 칸 거실 주방 뭉뚱그려 두 칸

능선 줄기 뻗어 나와 삼지창 형세

가운데 자락 흘러내려 중턱 왼쪽 북풍 면한 곳

정면 아득 완만한 봉우리 들고 나고

중경(中景)으론 썩 굵은 시내 넘실넘실 흘러가지

임인년 사월 중순 첫 삽 뜬 이래

화창 날씨 힘입어 건축 공정 착착 진행

유월 열여드레 용구길상(龍龜吉祥) 얹어 상량하노니

유유자적 홀로 세상 즐길 날 머지 않았다네

19일(일)

아내와 함께 동곡으로 옮겨가 선영 잔디 위 잡초들을 뽑다. 매달 린 풋고추가 튼실하여 몇 개 따다. 가볍게 3시간 노동. 우리들이 오래간만에 왔는지, 참나리꽃 한 개가 만개 상태이고, 둘은 언제인지 도 모르게 낙화의 흔적만 살풋 남아 있다.

20일(월)

사무실에 출근하여 가칭 『뿌리가 좋아야 하는 이유』 시집의 '시인 의 말'을 작성하다.

21일(화)

독락당 건물 바닥 보일러 배관 위로 레미콘 붓다.

22일(수)

독락당 축대 높임 공사 시행하다. 공사는 다음날까지 이어지다.

24일(금)

독락당 건물의 출입문과 창문들을 달다. 저녁에 부부가 유량동 소재 '봉평메밀장터'로 가 수요회 모임에 참석하다.

25일(토)

아내와 함께 동곡으로 이동하여 옥수수 지지대를 설치하고, 선영 잡초 뽑다. 4시간 노동. 살구나무에 성글게 매달린 익은 살구 몇 개를 따고, 야생으로 자란 산딸기 덩굴에서 빨갛게 익은 산딸기를 따 먹다.

27일(월)

독락당 상수도 시설에 계량기 설치하다.

29일(수)

대전지방변호사회에 휴업 신고하다. 사실상 폐업.

1990년 3월 변호사 개업했으니, 만 32년 동안 변호사로 활동한 셈. '박수받을 때 떠나라'라는 말에 의지하고자 한다.

아울러 관할 세무서에도 폐업 신고서 제출.

이날의 소회를 시로써 읊노라.

정년은 고사하고 오십 초반 직장에서 밀려난 친구들

자격을 빌미로 먹고사는 날 향해 목을 빼곤

마냥 부러워했었지

아무개는 돈 잘 벌고 게다가 평생직장이니

얼마나 좋겠느냐고

공직을 누리는 동무들 나름

신분과 정년 보장받으면서도

장수 시대 사는 나를 한껏 선망했었지

넌 죽을 때까지 벌 수 있잖아

자기들은 봉급이 쥐꼬리라 늘 어렵다며
술값 밥값 왼통 내게 떠넘겼었지

막상 예순셋 서둘러 은퇴 결심하노라니
젊었을 적 하 좋은 시절 파노라마 앞에
만감 교차함 어쩔 수 없네
제법 벌고 많이 쓰긴 했으되
인덕(人德)이 부족한 게 흠이라

승진 진급과는 거리 멀어
과장 부장 직함조차 가져 본 적 없고
명예퇴직 혜택도 퇴직금도 한 푼 없긴 할 터이지만
이래 봬도 중늙은이에겐 귀거래사 읊을 땅
동곡(東谷)이 있잖은가

교교한 달빛 매화 핀 언덕 보듬고
곰솔 위 온갖 새들 쌍쌍 깃드는

그곳 동산에 늙은 아내와 둘이서 쑥부쟁이 국화 심고

손주들 먹일 감자 옥수수 키워 내련다

어쩌다 바람 부는 날이면

조사서래의(祖師西來意)라도 궁구해 보면서

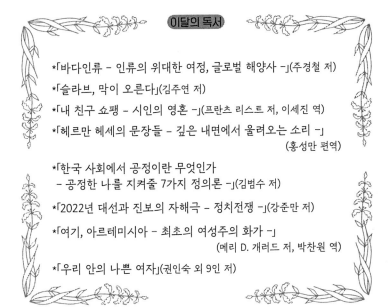

이달의 독서

*「바다인류 - 인류의 위대한 여정, 글로벌 해양사 -」(주경철 저)

*「슬라브, 막이 오른다」(김주연 저)

*「내 친구 쇼팽 - 시인의 영혼 -」(프란츠 리스트 저, 이세진 역)

*「헤르만 헤세의 문장들 - 깊은 내면에서 울려오는 소리 -」
(홍성만 편역)

*「한국 사회에서 공정이란 무엇인가
 - 공정한 나를 지켜줄 7가지 정의론 -」(김범수 저)

*「2022년 대선과 진보의 자해극 - 정치전쟁 -」(강준만 저)

*「여기, 아르테미시아 - 최초의 여성주의 화가 -」
(메리 D. 개러드 저, 박찬원 역)

*「우리 안의 나쁜 여자」(권인숙 외 9인 저)

7월

1일(금)

독락당 건물 내부 도배 작업 시행하다. 건물 외부에 주차장 만들다.

2일(토)

동곡선영 잔디 위 잡초 뽑고 풀베기 작업하다. 작업 도중 벌에 쏘이다. 벌·뱀에 의한 물림에 대비하여 늘 아내를 대동하고, 또 반드시 장화를 신다. 선친 묘소 앞에 심어 놓은 벌개미취가 벌써 보라색 첫 꽃봉오리를 터뜨리다. 받아놓은 빗물을 페트병에 채워 담다. 4시간 일하고 산을 내려오다.

3일(일)

독락당 건물의 실내 전등 달다.

4일(월)

독락당 별서의 거실과 서재 바닥에 마루 깔다.

6일(수)

독락당 건물 외벽에 전등 달다.

7일(목)

동평리 별서 주방에 싱크대 설치하고 식탁도 함께 놓다.

아일랜드식 주방이라나.

8일(금)

그동안 사무실의 세금 관련 업무를 처리해 준 세무사 사무실의
김용기 사무장(이사)을 청당동 소재 '유가네 장어'로 초대하여 오찬
을 함께하다. 김 사무장과는 개업 초기부터 시종 거래관계를 유지해
온 사이다.

그동안의 노고와 배려에 감사의 마음을 전하다.

9일(토)

아내와 함께 선영의 잡초를 뽑고, 주변 환경 정비 작업을 하다. 어쩌다 한 번 둘러보는 이에게는 잔디가 저절로 자라는 것처럼 보이겠지만, 한마디로 잔디관리는 끝없는 잡초와의 전쟁이다. 묘소 앞 배롱나무가 붉은 꽃을 피우다. 일명 선비 나무다. 3시간 땀흘리다.

15일(금)

08:00 아내가 '서울W내과의원'에서 진료받다.

16일(토)

동곡선영 벌초하다. 올해 들어 두 번째. 그지간 받은 빗물을 페트병에 채우다. 틈틈이 받은 빗물을 페트병에 담아 보관하면서 필요할 때마다 사용한다. 이곳엔 샘도, 계곡물도 없는지라 이런 방식으로 작물 재배에 따르는 물 문제를 해결한다. 농사 초창기 몇 년 동안은 올라올 때마다 물을 등에 지고 오다. 우직한 정도가 도를 넘었다고나 할까. 까맣게 익은 아로니아 열매와 풋고추를 따고, 덤으로 당근까지 캐다.

저녁에는 '청당정원'으로 옮겨가 '달 따는 이들'의 모임을 갖다. 부부 동반 4가족. 오래간만의 만남이다.

18일(월)

정오에 사무실 부근 '능수정'에서 몇몇 변호사들과의 오찬 모임을 갖다. 변호사 사무실을 닫는 입장에서 가까운 동료들을 초대하여 석별의 정을 나누기 위함이다. 연수원 기수가 비교적 상위에 속하는 오세용 변호사, 정태하 변호사, 소삼영 변호사가 참석하다. 젊은 변호사로는 박형준 변호사, 김창덕 변호사, 신용섭 변호사가 합류하다.

화기애애한 분위기 속에서 식사와 약간의 술을 나누다. 나의 나이와 연수원 기수를 감안하더라도, 사무실 문을 닫기에는 너무 이른 것 아니냐는 의견이 대세다. "후배 변호사들도 넘쳐나고 30년이 짧은 세월만도 아니니, 이쯤에서 물러나 자연을 벗 삼아 안빈낙도의 삶을 살아가겠노라"고 적당히 능치다.

20일(수)

김영배 교장이 다듬은 목재들을 차에 싣고 독락당으로 가져와, 현장에서 벤치를 제작하다. 소목장답게 멋진 벤치를 만들어내다. 거실 창문 앞 데크에 놓으니, 앉아서 오붓하니 차를 마시거나 담소하면서 해바라기를 하기에 안성맞춤이겠다.

'가망불망출판사'에 시집 발간과 관련한 착수금을 송금하다.

저녁에는 원성동에 있는 '대도일식'으로 가 '좋은 친구들' 모임에 어울리다. 5인 참석.

23일(토)

절기상 대서인지라, 이름값을 톡톡하니 하다. 그렇다고 선영 관리에 더위를 핑계 삼을 수는 없다. 지난 주말에 이어 선영 벌초 작업을 하다.

아내가 불평할 만도 하건만, 그녀는 가타부타 언급이 없다.

무리하지 말고 쉬엄쉬엄하는 것이 그나마 요령이다. 당근과 케일 파종까지 끝내다. 아로니아 열매를 따고, 가지와 고추도 수확하다. 하나는 둥글고, 둘은 길다. 4시간 작업을 마무리하고는, 땀에 젖은 몸으로 하산하다.

24일(일)

오전에 사무실 간판을 떼고 가구 집기와 책들을 정리하여 동평리 독락당으로 이사하다. 장마 끝자락인지라 비가 내릴까 걱정이지만, 다행히 아침부터 잔뜩 흐려 있기만 하다.

직원인 이승하 양이 아침 일찍부터 사무실에 나와 짐 싸는 일을 거들어 주다. 인연이 닿아 9년 가까이 함께 호흡을 맞추며 일해 온 사이이기는 하나, 끝까지 유종의 미를 거두려 나름 애쓰다.

나중에 결혼한다는 연락을 받게 되면 기꺼이 참석하여 축하해 주고, 또 혹시 주례 부탁을 하더라도 이를 받아들일 용의도 있긴 하다. 하지만 요즘 젊은 친구들이 결혼을 기피하고, 결혼을 하더라도 주례 없이 하는 결혼식이 태반이라서 나의 호의가 물거품이 되지 않는다는 보장도 없긴 하다.

이삿짐센터 소속 직원 세 분의 꼼꼼함과 배려 덕분에 무사히 독락당으로의 이사를 마치다. 비가 내리기 시작하였으나, 이삿짐을 내리는 데는 큰 문제가 없다. 넉넉한 팁으로 답례를 하다.

독락당 입주 기념으로 줄넘기를 행하다. 천 번을 채우다.

땀에 흠뻑 젖다.

독락당 잡필

앞으로 할 때마다 매번 백회씩 횟수를 늘려가기로 작정하다.

샤워 후 냉장고 속 맥주를 꺼내 한잔 들이켜니, 몸도 마음도 상쾌!

25일(월)

아내와 함께 독락당에서 하룻밤을 보내기로 하다. 주변 정리가 아직 덜 되어 있고, 심지어 울타리와 대문도 설치되어 있지 않다. 게다가 16평 공간에 거실과 서재만 있을 뿐 침실이 따로 있지도 않긴 하지만, 하룻밤 자면서 좋은 지기(地氣)를 받고 다른 한편으론 터를 다진다는 의미도 있으니, 당장의 불편을 기꺼이 감수하다.

27일(수)

아내와 함께 서울행. 상도동 아파트 숙박. 바쁘게 살다 보니 서울 나들이도 정말 오랜만이다.

28일(목)

손자 기성의 두 돌 생일 축하차 아침 일찍 상도동을 출발, 강화 아들 집을 방문하다. 점심으로 생일상 마련. 축하해 주다.

아들·며느리가 붙잡는 바람에, 어쩔 수 없이 강화 아파트에서 하루 유숙하다.

29일(금)

아내와 함께 강화 출발, 서울 아파트를 거쳐 오후에 독락당으로 귀환하다. 독락당에서 매당 부부와 김 교장 부부, 그리고 우리 부부 등 여섯이서 만찬을 즐기다. 독락당 입주 후 첫 손님 초대다.

화기애애한 분위기 속에 어둠이 깃들다.

30일(토)

지난 주말 마무리 못 한 동곡선영 벌초를 마무리하다. 고추와 당근, 가지와 아로니아를 수확하다. 올 때마다 매번 먹거리 소득이 있어, 아내가 좋아하다. 일곱 그루 배롱나무마다 꽃이 만개하다. 한여름 명옥헌 배롱나무 동산에 비할 수는 없지만, 이 정도 꽃핌만으로도 우리 부부는 흡족하다.

獨樂堂

*「카스트 – 가장 민주적인 나라의 위선적 신분제 –」
(이저벨 윌커슨 저, 이경남 역)

*「히틀러를 선택한 나라 – 민주주의는 어떻게 무너졌는가 –」
(벤저민 카터 헷 저, 이선주 역)

*「세계가 처음 연결되었을 때 – 1000년」
(발레리 한센 저, 이순호 역)

*「제네럴스 – 위대한 장군은 어떻게 만들어지는가 –」
(토마스 릭스 저, 김영식·최재호 공역)

*「충북선」(유종호 시집)

*「달의 이마에는 물결 무늬 자국」(이성복 시집)

*「우리 곁에 왔던 성자(김수환 추기경 탄생 100주년 기념)」
(김성호 외 저)

8월

2일(화)

변호사 사무실에 설치되어 있던 인터넷을 청수동 아파트로 이전하여 설치하다.

4일(목)

독락당 마당 안쪽을 일궈 텃밭을 만들다. 서동희 사장이 와서 퇴비도 넣어주고 땅을 갈아서 밭고랑까지 내주다.

5일(금)

독락당 부근 숲속 딱따구리 나무 쪼는 소리 울려 퍼지다.

마치 목탁을 치는 듯.

아내와 함께 어제 일군 텃밭에서 돌들을 일일이 골라내곤 쪽파를 심다.

6일(토)

아내와 함께 동곡선영 잔디를 깎고 풀을 베어내다.

풋고추와 가지를 따다. 3시간 수고하다.

9일(화)

김 교장이 제작 주문하여 배송된 블라인드를 거실과 서재, 다용도실의 창문 네 곳에 달다. 거실 창문에는 레드와인 색, 서재 창문에는 황토색, 다용도실의 그것엔 연두색이 부착되다.

출입문 두 곳의 안전핀 설치 작업까지 끝내다

내친김에, 거실과 서재에 걸린 그림들의 액자 틀까지 즉석에서 제작하다. 석 달인가 소목 과정을 이수하여 자격검정을 거쳤다고는 하나, 목공 등 실력이 만만치 않다. 법학도 출신이 맞긴 맞나요?

11일(목)

건물 밖 외등의 전력을 낭비할 필요 없다면서, 김 교장이 일전에 인터넷에서 구매 신청한 태양열 전등이 배송되어 설치하다.

중국제라 가격이 저렴하긴 하나, 효능이 어떨지는 지켜봐야 할 듯.

12일(금)

　서동희 사장이 독락당 건물 뒤편에 무쇠솥 화덕을 제작·설치하다. 무쇠솥은 적당한 크기의 매끈한 국산품을 미리 구입해 놓은 우리다. 무쇠솥에 끓이거나 삶는 행태는 아내의 평소 로망이다. 화덕이 모습을 드러내자, 보는 이마다 예쁘다고 말하다. 제작에 이틀이 걸리다. 흡족한 마음에 제작비를 지불하려 하였으나, 건물 준공 기념 선물로 해드린다면서, 서 사장은 끝내 대가의 수령을 사절하다.

　김 교장은 그사이 다용도실 선반 제작에 열중하다.

　아내의 도움을 받아, 김장용 무씨앗을 텃밭에 파종하다.

13일(토)

　동곡선영 벌초 작업하다. 아내와 함께 3시간 땀 흘리다.

　가지와 고추, 당근을 수확하다. 보라색 벌개미취꽃들이 군락을 이루어 자태를 뽐내고 있다.

17일(수)

　화덕이 완성되고, 서 사장이 제작해 온 연통이 화덕에 연결되다.

화덕 위에 무쇠솥을 걸다. 장차 독락당에 손님 여럿이 오는 날엔 무쇠솥 아궁이에 불을 지피는 일이 잦을 것이다.

저물녘, 김장용 무씨앗을 2차로 파종하다.

18일(목)

아내와 함께 독락당 텃밭에 김장용 배추와 대파의 모종을 식재하다. 일일이 물을 주어가면서, 무럭무럭 자라기를 기원하다.

19일(금)

선영 벌초 작업을 계속하다. 3시간. 길지 않은 시간 동안이지만 땀으로 멱을 감다. 장화 속 양말까지, 흘러내린 땀으로 흠뻑 젖다.

무슨 벌초를 그리 오래 하느냐고 타박할 수 있겠으나, 묘소 주변으로도 깎아야 할 잔디 면적이 작지 않다.

예초기 작업 중간에 벌침을 두 방이나 쏘이다. 매년 7, 8월은 벌들의 활동이 왕성한 시기임을 뻔히 알면서도, 이번에도 또 벌들의 공격에 당하고 말다. 3시간 일하곤, 고추와 가지를 수확하여 산을 내려오다.

김 교장은 다용도실에 놓을 선반 하나를 추가로 제작·설치하다.

우리 부부가 독락당에 있으나 없으나, 불문하고 작업을 이어가다.

24일(수)

독락당 건물 출입구와 주방 뒤쪽 외벽에 렉산을 설치하는 공사를 시행하다. 매당이 중간에 다리를 놓아 제작·설치 업체를 선정하다.

26일(금)

독락당 담장 및 대문 설치 공사를 시행하다. 아침 이른 시간대에 해치우고 가는 바람에, 정작 주인은 설치 장면을 보지도 못하다.

정원 포인트목인 소나무 세 그루의 식재 작업이 이루어지다. 대여섯의 인부와 크레인까지 동원되다. 매당이 일일이 식재 위치와 방향을 지시하다. 그는 원예와 조경 전문가이기도 하니, 수목원 사장과 인부들도 그의 지휘에 꼼짝 못 하다.

어제부터 시작된 정원 내 판석 놓기와 잔디 식재 공사가 오늘도 이어지다. 서 사장이 직접 작업을 주관하다. 이 작업은 9월 1일에야 마무리되다.

27일(토)

아내를 동반하여 동곡으로 가 대파 모종을 식재하다. 밭에 난 풀을 뽑고, 주변 환경 정비 작업을 하다. 4시간 일하다.

이달의 독서

*「철학자의 위로」(루카우스 안나이우스 세네카 저, 이세윤 역)

*「우울의 고백」(샤를 보들레르 서간집, 이건수 역)

*「김일성 전기」(표도르 쩨르치르스키 저)

*「자전거와 함께 한 독일 인문역사 기행
– 라인강이 내게 말하는 것」(금창록 저)

*「딸기 따러 가자」(정은귀 저)

*「인생, 예술」(윤혜정 저)

*「세계의 판도를 바꾼 우크라이나 전쟁
– 푸틴의 야망과 좌절–」(김영호 외 3인 저)

*「시간을 물고 달아난 도둑 고양이」(송기호 저)

*「비터 스위트」(수전 케인 저, 정미나 역)

*「그랜드 스탠딩
– 도덕적 허세는 어떻게 올바름을 오용하는가 –」(저스틴 토시·브랜던 웜키 저, 김미덕 역)

*「합스부르크 세계를 지배하다」(마틴 래디 저, 박수철 역)

*「호모 두비탄스 의심하는 인간」(박규철 저)

「메데이아」(에우리 피데스 저, 강대진 역)

2022년
가을

9월

1일(목)

독락당 정원 내 잔디 식재 공사가 마무리되다. 맨흙 마당에 판석
과 잔디가 깔리니, 분위기가 한결 살아나다.

2일(금)

아들, 며느리와 손자 기성이 청수동 아파트를 방문하여 1박 하다.

3일(토)

손자 기성이 독락당 정원 모래 놀이터에서 맘껏 놀다. 손자 녀석
을 생각하여 서동희 사장에게 특별히 부탁하여 만든 정원 내 시설
이다.

17:00 '독락당' 당호 현판식을 갖다.

'달 따는 모임'의 멤버인 이명규 처장, 정경재 사장, 송준범 전무

와 김영배 교장이 부부 동반으로 참석하다.

현판을 출입구 외벽에 걸고는 다 함께 박수를 치며 덕담들을 하다.

이후 만찬을 즐기다. 초아흐렛날 달이 서편 하늘에 빛나다.

6일(화)

알타리무를 뽑아 다듬다. 아내가 이로써 김치를 담그다.

9일(금)

추석 연휴 첫날. 12:00 '대도 일식'에서 "좋은 친구들" 여섯 명이 만나 담소를 나누며 오찬을 즐기다.

오후에 아내를 대동하여 동곡선영을 참배하다. 묘소전에 향을 피우고 술잔을 올리다. 태풍 '힌남노'로 인해 묘소 주변에 떨어진 부러진 나뭇가지와 나뭇잎을 치우다. 2시간 정도 머물다 고추를 따가지고 하산하다.

10일(토)

청수동 아파트에서 추석 차례를 모시다. 코로나바이러스 유행으로 지역 간 이동이 쉽지 않은 데다가 실제 이에 감염된 이들이 있는 관계로, 최소한의 인원만 모이다. 아내와 모친, 셋째네 가족 4명이 전부다.

11일(일)

독락당 텃밭에 아욱과 시금치, 근대 씨를 뿌리다.

12일(월)

대체 공휴일이다. 사할린에서 영구귀국하신 공경덕 선생과 매당, 김 교장을 부부 동반으로 초대하여 만찬을 즐기다.

15일(목)

선영의 벌초한 잔디가 웃자라 있어, 아내와 함께 묘소 주변 위주로 잔디를 깎다. 단정하니, 한결 보기가 좋다.

도라지를 캐다. 작은 것들은 골라내어 다시 심다. 동부콩을 따고 붉은 고추를 수확하다.

16일(금)

'수요회' 회원인 김재선 교수의 수신면 소재 농장을 아내와 함께 방문하여 땅에 떨어진 밤을 줍다. 가시가 돋은 밤송이 안에서 알밤들을 발라내는 일이 쉽지만은 않다. 이마에 송글송글 땀이 맺히다. 아내가 나보다 더 많은 밤들을 줍다.

18:20 유량동 소재 '봉평메밀장터'에서 열린 '수요회' 모임에 부부 동반으로 참석하다.

19일(월)

손자 기성네 가족 셋이 추석 명절에 귀향을 못 하더니, 뒤늦게 독락당에 내려오다. 김 교장 부부가 맞춤하니 독락당을 찾아와, 아들 가족과도 어울리다. 담소를 나누며 만찬을 즐기다. 손자 가족은 독락당 1박 후 강화도로 돌아가다.

23일(월)

독락당 건물의 소유권보존등기를 경료하다. 신경철 법무사가 수고해 주다. 시집 『뿌리가 좋아야 하는 이유』가 출간되다. 은퇴 기념

시집이라 칭하면 과분할까?

24일(토)

아내와 함께 동곡선영 벌초하다. 고추와 동부를 따다.

5시간 일하다. 귀로에 적당한 크기의 반송 하나를 캐와선, 독락당 정원에 이식하다.

獨樂堂

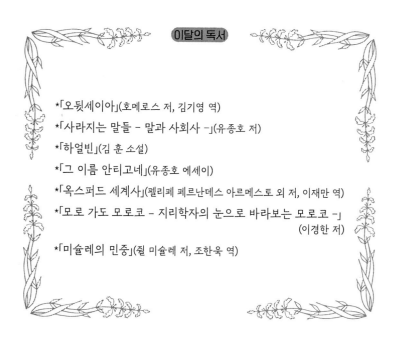

이달의 독서

*「오뒷세이아」(호메로스 저, 김기영 역)

*「사라지는 말들 – 말과 사회사 –」(유종호 저)

*「하얼빈」(김 훈 소설)

*「그 이름 안티고네」(유종호 에세이)

*「옥스퍼드 세계사」(펠리페 페르난데스 아르메스토 외 저, 이재만 역)

*「모로 가도 모로코 – 지리학자의 눈으로 바라보는 모로코 –」
(이경한 저)

*「미슐레의 민중」(쥘 미슐레 저, 조한욱 역)

10월

1일(토)

아내와 함께 동곡선영을 찾아 마무리 벌초를 하다.

동부콩을 따고 산밤을 줍다. 5시간 땀 흘리다.

어린 반송 한그루를 캐와, 독락당 정원에 이식하다.

3일(월)

독락당 정원의 건물 외벽을 따라 나란하니, 수선화 구근을 심다.

4일(화)

김 교장과 부부 동반으로 강원도 기행에 나서다. 2박 3일 일정.

가파른 산길을 돌고 돌아, 운길산 수종사에 발을 딛다. 운전대를 잡은 손이 잔뜩 긴장하다. 내려올 땐 김 교장에게 운전을 맡겼으나, 조수석에 앉아서도 긴장되긴 마찬가지.

간성 건봉사를 찾아, 고즈넉한 산사의 분위기와 운치를 만끽하다.

설악동 '더케이 호텔' 투숙.

5일(수)

여행 이틀째. 비 오는 궂은 날씨 탓에 주 등산로를 오르는 시도가 쉽지 않을 듯. 내린 비의 양도 가을비치고는 꽤 많은 편. 이참에 수량이 불어난 폭포를 제대로 구경해 보자고 의견이 취합되다.

비룡폭포 쪽으로 방향을 정하다. 육담폭포는 굉음을 내며 엄청난 양의 물을 쏟아붓고 있다. 한마디로 '장쾌하다'. 물길이 꺾이고 꺾여 연신 물보라를 튀기다. 비룡폭포의 수량도 확 늘어나, 물줄기가 시원하다. 폭포를 배경으로 몇 컷 사진을 찍다.

토왕성폭포 가는 길 철계단에 제법 큰 낙석이 얹혀 있다.

전망대에 서니, 비구름이 걷히고 토왕성폭포가 쏟아지는

물줄기를 드러내다. 3단으로 떨어지는 통바위 위 가파른 물줄기. 넋을 잃고 있는 사이, 폭포는 잽싸게 운무 속으로 모습을 감추다. 오늘 연달아 조우한 3개 폭포의 웅장함과 급류의 박진감이 다시 재현되기는 쉽지 않으리라.

다음 행선지는 홍천에 위치한 처제 부부 소유의 전원주택. 서울 사는 처제와 전원주택에서 만나기로 미리 약속된 상태. 목적지에 도착하여, 세 가족이 만찬을 즐기면서 밤늦도록 도란도란 이야기꽃을 피우다.

6일(목)

전원주택에서 아침 식사를 끝낸 일행은, 횡성에 위치한 다목적 댐을 찾아 산책하면서 가을의 정취를 한껏 즐기다.

횡성 오일장을 찾아 이런저런 농산물을 구입한 후, 식당에서 점심을 먹고는 작별하다. 처제와 동서는 서울로, 우리 일행은 천안을 목표로 출발, 귀향하다.

7일(금)

아내와 함께 동곡선영을 찾아 주변 환경 정비하다. 동부콩 따고 토종 밤도 줍다. 3시간 머물다. 배롱나무 2년생 1주를 캐내어 독락당 정원에 이식하다.

10일(월)

대체 공휴일이다. 독락당 온실의 철제 프레임 조립하다.

주문 제작되어 배송된 프레임을 조감도에 그려진 대로 맞춰 나가는 방식이다. 김 교장과의 공동 작업으로 철제 온실 프레임을 완성하다. 겉면을 유리로 덮을 건지 비닐로 씌울 건지와 관련하여 의견이 대립하다.

11일(화)

독락당 정원 내 철제 파고라 조립 작업에 착수하다. 어제 마친 온실 규모의 3배 크기이다. 조감도를 바닥에 펼쳐놓고는, 꼼꼼히 살펴가며 원통형의 철제 기둥들을 맞춰나가다. 하지만 중간에서 번번이 어긋나다. 맞췄다 풀었다를 반복하는 사이에, '좋은 친구들'이 한꺼번에 독락당에 들이닥치다. 후속 작업을 내일로 미루고, 김 교장은 서둘러 귀가하다.

박만규 원장, 정수용 사범, 이종익 사장은 부인들을 대동하고, 정원재 수석 부행장은 혼자 오다. 전원주택을 지었다고, 이 친구들이 고기 굽는 그릴을 사 가지고 오다. 송이버섯을 안주로, 와인을 마셔가며 덕담을 나누다. 읍사무소 부근 고깃집으로 자리를 옮겨, 고기를 구워가며 소주를 마시다. 일행 중 누군가 "이거 소고기잖아?"하며 눈을 크게 뜨다.

식대는 독락당 주인이 계산하다.

12일(수)

어제에 이어 파고라 조립 작업을 하다. 마침 처남이 찾아와 거들어주어, 작업하기가 한결 수월해지다. 원통형의 철제 기둥들이 꽤나 무겁다. 두 줄로 늘어선 기둥들 위를 가로질러 나란히 얹혀있는 기둥들은, 어른이 매달려도 끄떡없을 정도로 견고하니 조립되다. 김 교장도 나도 대견해하다.

조립 성공 자축주를 내와, 마시다.

내친김에 정원에 몇 가지 화초를 식재하다.

15일(토)

아내와 함께 서둘러 동곡으로 이동하여 일하다. 우선 수확이 끝난 고추와 가지, 동부의 대를 뽑고 주변 정리 작업을 하다. 도라지를 캐다. 어린뿌리들은 모아 다시 심다. 마늘 파종을 위한 준비 작업에 임하다. 흙을 파 엎고 퇴비를 넣고는, 평평하게 땅을 고르다. 이제 비닐을 씌우고 뚫린 구멍으로 마늘을 꽂아 넣으면 끝이다. 6시간을, 꽤 고된 노동으로 채우다.

귀로에 어린 감나무 2주를 캐와 독락당 정원에 이식하다.

20일(목)

독락당 온실의 지붕과 4개 벽면에 비닐 씌우는 작업을 하다. 김 교장이 시종 가위와 줄자를 손에 쥐고 재단을 하는 등 주도적 역할을 하다. 나는 곁에서 그를 보조하는 데 만족하다. 비닐과 비닐을 고정시키기 위한 꼬불꼬불한 긴 강선이 있다는 사실도 이번에 처음으로 알다.

21일(금)

아내를 앞세워 병천시장을 찾다. 마침 병천 오일장 날이다. 평소에 들르던 원예 가든을 찾아 포도나무 묘목을 구입하다. 캠벨 3주에 샤인 머스캣 3주, 능수단풍도 곁들이다. 독락당까지 배달해 주기로 하다. 석양 무렵 도착한 묘목들을, 내친김에 부부의 힘만으로 직접 심다. 파고라의 북쪽 면에 캠벨 3주를, 남쪽 면에 샤인머스캣 3주를 심다. 포도 넝쿨을 올릴 목적으로, 고생 끝에 설치한 파고라다. 2~3년 후면 파고라 지붕을 포도 덩굴이 뒤덮고, 그 아래로 포도가 주렁주렁 매달리겠지. 생각만으로도 뿌듯하다. 단풍나무도 적당한 장소를 물색하여 심다. 사위가 어두워져, 외등을 켠 채 마무리 작업을 마저 끝내다.

22일(토)

동곡에 마늘을 심다. 남아 있는 동부에서 익은 콩을 따다.

감나무에서 감 42개를 수확하다. 까치밥으로 2개를 남겨두다.

한 그루에서 42개라니, 수확의 기쁨이 쏠쏠하다. 작년에는 처녀 감 5개였다. 노동 5시간을 온전히 아내와 함께하다.

25일(화)

매당과 함께 모처럼 배낭을 메고 등산에 나서다.

행선지를 계룡산으로 정하다. 10시 50분 갑사 주차장 출발. 갑사를 거쳐 용문폭포와 신흥암을 지나다. 단풍철임에도 평일이라 그런지, 늙은 남자들과 아줌마들만 눈에 띄다. 우리는 그중 젊은 축이다. 금잔디 고개를 통과하여, 삼불봉에 올라서다. 시야가 탁 트이다. 우회로를 통해 금잔디 고개로 백(back)한 후, 올라갔던 길을 되밟아 하산하다.

한적한 덕분에, 느긋하니 단풍을 감상하고 가을의 운치를 한껏 즐길 여유를 누리다. 산행에 5시간 소요.

26일(수)

독락당 정원에 피라칸타 1주와 화살나무 3주를 심다.

정원을 제대로 가꾸기 위해서는 여러 화초를 심어야 하겠지만, 그렇다고 무턱대고 한꺼번에 많이 심을 생각일랑 없다.

우선, 독락당의 크기와 균형을 맞추면서도 조화를 이뤄야 할 테니까. 거기에 더하여 여백의 미도 염두에 두어야 한다. 식재 수목의 위치 선정은 아내의 의견을 최대한 반영하다.

28일(금)

이번에도 김 교장이 주도적인 역할을 하여, 온실 출입문을 제작하다. 알미늄 파이프를 절단하고 용접하여 사각형 형태의 문을 완성하고는, 그 위에 비닐을 씌워 고정시키다. 완성된 출입문의 위와 아래에 경첩까지 달아 온실의 프레임 기둥에 연결하다. 드디어 온실 완성. 김 교장은 지붕과 사면을 유리로 덮지 못한 것을 끝내 아쉬워하다. 한겨울 보온이 제대로 되지 않을 것을 걱정하다. 그렇긴 하지만, 주인으로서는 건축법 위반의 소지를 남겨둘 수는 없다. 아내가 무쇠 솥에 처음으로 토종닭을 삶아내다.

기성이네 가족이 때맞춰 독락당을 방문하다. 먹을 복이 있다.

만찬을 함께 하고는, 기성 가족 셋을 뺀 모두는 독락당을 떠나 집으로 돌아가다.

30일(일)

아내와 함께 동곡을 찾다. 동부콩을 따고, 마늘 보충 식재하다.

가을걷이 후의 환경 정비에 손이 많이 가다. 6시간 노동하다.

이로써 동곡에서의 올해 농사 마무리되다.

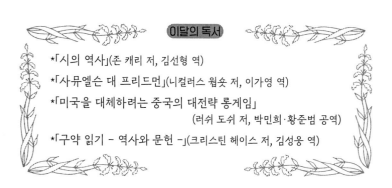

11월

2일(수)

아내와 함께 오붓하니 산책에 나서다.

15:20 독락당 출발→산방천 둑길→목천고→독립기념관 단풍나무 숲길 한 바퀴→산방천 둑길→리베라 모텔·독락당.

2시간 40분 소요.

가을날 시골의 정취를 만끽하다.

8일(화)

독락당 밤하늘에 펼쳐지는 개기월식을, 저녁 추위를 무릅쓰고 아내와 나란히 앉아 처음부터 끝까지 지켜보다.

11일(금)

목천읍 소재 '병천전통순대'에서 신경철·배우섭 법무사를 만나 오찬을 즐기다. 식사 후 독락당으로 자리를 옮겨, 차를 마시며 담소를 나누다. 텃밭에 심은 무를 뽑아 각 3개씩 방문 기념 선물로 나눠주다.

12일(토)

계광중 23회 동문회에서, 시집 발간을 축하하는 서양란 화분을 독락당으로 보내오다. 총무에게 고맙다는 문자를 보내다. 찍은 사진도 함께 보내다. 거실 한가운데에 단정하니 진열하다.

김장 무를 수확하다. 무청을 무쇠솥에 삶아 시래기를 만들다. 아내가 무 김치를 담그다. 아삭아삭하니 맛있다.

14일(월)

독락당 텃밭에 얼갈이와 시금치를 파종하다.

15일(화)

독락당 텃밭에 대파 모종을 심다.

16일(수)

매당과 부부 동반으로 증평 소재 좌구산(坐龜山) 트레킹에 나서다. 부근 식당에서 점심 식사를 하고는, '운보의 집'과 '운보미술관'을 순례하다. 운보 김기창 화백의 부인인 우향 박래현의 삶이, 그녀의 작품들과 사진들 속에 애절하게 드러나다. 운보의 동생인 김기만 화백의 재능은 북한 체제의 틀을 끝내 벗어날 수 없는 숙명을 지녔더랬지.

18일(금)

오후에 아내와 함께 용화사(龍華寺)를 거쳐 동리까지 산책을 다녀오다. 늦가을 시골 정취를 즐기다. 1시간 50분 소요유(逍遙遊)하다.

19일(토)

아내와 함께 동곡으로 옮겨가, 배롱나무 7그루를 방한용 외피로 일일이 싸 주다. 매년 해야 하는 번거로운 작업이긴 하나, 추위에 유독 약한 수종이라 어쩔 도리가 없다. 한여름 붉게 타오르는 꽃을 감상하기 위해서라면, 그깟 번거로움쯤은 기꺼이 감수해야 할 터.

4시간 소요되다.

귀로에 어린 감나무 하나를 캐와선, 독락당 정원에 이식하다.

20일(일)

아내가 김치 담그는 것을 곁에서 거들다. 2박스 완성.

기성이네 가족이 독락당을 방문, 1박 하다.

21일(월)

독락당 채마밭에서 배추와 파, 갓을 뽑아 다듬다. 아내와 협업이다. 아내가 김장용 배추를 절이다. 배추를 뽑아낸 공간에 퇴비장을 새로 만들다.

22일(화)

아내가 김치를 담그다. 곁에 붙어 서서 이런저런 심부름을 하다. 내자가 직접 담그는 김장이니, 의미가 깊다. 입에 넣어주는 배추김치를 오물오물 씹다. 맛있다고 추임새 넣는 걸 잊지 않는다. 담근 김치가 도합 6박스.

빨간색 장난감 자동차를 빨강 파고라 위에 얹다. 파고라의 붉은 색과 잘 어울리는 것이, 제자리를 찾은 듯하다. 이는 이후에 청수동 아파트 같은 동 1층 주민으로부터 얻은, 훨씬 더 근사한 빨간색 모형 자동차로 교체되다. 배터리에 의해 구동되는 아우디이긴 하나, 고장 상태에서 버려지기 직전 가까스로 아내의 품에 안긴 신세이다.

25일(금)

화분 속 국화가 시들었으므로, 화분들을 정리하고 국화 뿌리는 땅에 옮겨 묻다.

27일(일)

무쇠솥에 물을 끓여 무청을 삶아내다. 아궁이에서 꺼낸 숯불에 삼겹살을 굽다. 소주 한잔을 곁들이다. 김 교장 부부가 함께하다.

30일(수)

김 교장과 부부 동반으로 강원도 여행에 나서다. 이번에는 단출하니 1박 2일 일정. 07:30 청수동 아파트를 출발하다. 오대산 상원사를 거쳐 중대사자암에 오르다. 내친김에 적멸보궁을 올라선 삼배를 올리다. 주문진 바닷가 횟집에서 요기를 하고는, 수산시장에서 횟감을 구입하다. 양양·서울 간 고속도로에 진입하여, 홍천 용호리 소재 동서의 전원주택을 향해 나아가다. 세 가족 여섯 명이 밤늦도록 만찬을 즐기다. 노래도 몇 곡씩 부르다.

산촌의 가을밤은 새록새록 깊어가고, 밤하늘 별들은 총총하니 빛나다.

12월 1일(목)

아침에 기상하여 산책 겸 밖으로 나오다. 마을을 감싸며 빙 둘러 흘러가는 강물을 응시하다. 여울의 물소리가 아침의 공기를 자극하다. 이곳을 흐르는 강은 홍천강의 지류란다. 느긋하니 조찬과 오찬을 즐긴 후, 귀향길에 나서다.

서울·양양고속도로를 달리다가 중앙고속도로로 바꿔타다.

다시 영동고속도로로 진입하여 달리다. 경부고속도로를 경유하여 16:20 독락당에 도착하다. 목천읍에 있는 레스토랑 '나세르'에서 저녁 식사한 후, 청수동으로 복귀하다.

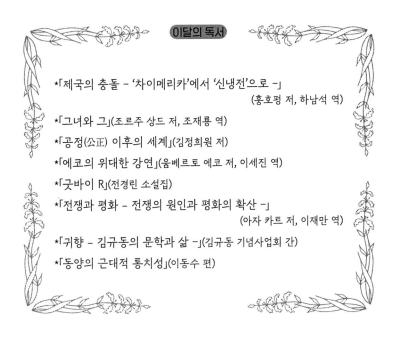

이달의 독서

* 「제국의 충돌 – '차이메리카'에서 '신냉전'으로 –」
(홍호펑 저, 하남석 역)

* 「그녀와 그」(조르주 상드 저, 조재룡 역)

* 「공정(公正) 이후의 세계」(김정희원 저)

* 「에코의 위대한 강연」(움베르토 에코 저, 이세진 역)

* 「굿바이 R」(전경린 소설집)

* 「전쟁과 평화 – 전쟁의 원인과 평화의 확산 –」
(아자 카트 저, 이재만 역)

* 「귀향 – 김규동의 문학과 삶 –」(김규동 기념사업회 간)

* 「동양의 근대적 통치성」(이동수 편)

제2부

화이부동(和而不同)의 길

2022 · 23년
겨울

2022년 12월

6일(화)

눈 내리는 날, 김 교장 부부가 독락당으로 찾아오다. 아내가 무쇠 솥 아궁이에 불을 넣어 삼겹살을 굽자고 하다. 아궁이에 장작을 넣고 불을 붙이다. 훨훨 타오르는 장작불. 불 위에 삼겹살을 굽고 고구마를 굽다. 호박죽도 끓여내다. 축대 위 블록을 식탁 삼아, 요리한 음식들을 늘어놓다. 넷이 나란히 앉아 맛있는 요리를 즐기다.

와인의 홀짝거림으로 추임새를 넣다. 초겨울 오후, 흰 눈이 독락당 지붕과 정원 위에 하염없이 흩날리고, 볼이 발그레해짐과 동시에 불콰하니 취기가 오르다.

뜬금없이 어디선가 뱃노래가 들려오는 듯.

7일(수)

백석동에 위치한 '벌교꼬막'에서 '좋은 친구들' 넷이 저녁 모임을 가지다.

8일(목)

대전에 거주하는 박명동 선생 부부가 독락당을 방문하다. 박 선생의 부인인 김정숙 여사가 아내의 어릴 적 친구라, 사이가 자별하다. 내 입장에서도 박 선생 부부와 교류한 지 오래다. 경상남도 양산시에 오래 살았는데, 작년인가 대전 근교로 이사하다. 김 여사가 김 교장 부인과도 잘 아는 사이인지라, 내친 김에 김 교장 부부도 부르다. 야외 데크에 테이블을 펴고 식사 자리를 마련하다.

무쇠솥에 토종닭을 삶고, 새알심 호박죽도 쑤어내다.

길게 들어오는 겨울 햇살을 받으며, 추운 줄 모르고 식사와 담소를 나누다. 꽃 피는 봄에 대전 집에 초대하겠다는 말을 남기고, 손님들은 자리에서 일어나다. 날이 어두워지면 운전하기 힘들어진다는 핑계 앞에, 더 이상 손님을 붙잡지 못하다. 석양 녘이다.

10일(토)

01:20부터 07:00까지 카타르 월드컵 8강전, 브라질 대(vs) 크로아티아, 아르헨티나 대(vs) 네덜란드의 경기를 연속하여 시청하다. 크로아티아와 아르헨티나가 각 승리. 두 경기 모두 박진감이 넘치다.

11일(일)

아내와 함께 모처럼 동평2리를 거쳐 3리까지 빙 돌아오는 코스의 산책에 나서다. 이 마을들은 1980년대 후반 독립기념관이 조성되면서 사라진 마을의 주민들 이주지로서 조성되다. 최근에 전원주택들이 많이 들어서는 바람에, 원주민들보다는 오히려 외지인들의 숫자가 더 많아지다.

정원을 예쁘게 꾸민 집들이 많아, 오후 산책하기에 딱 좋다.

14일(수)

아내의 성화를 뿌리치지 못하고, 안경을 새로 맞추다. 대흥동에 위치한 '피어선 안경'이 단골점이다. 한대흠 사장은 고교 동창이다. 나로서는 언제 왔었는지 정확히 기억할 수 없으나, 그 사이 시력이 떨어졌다고 하다. 하기사 나름 열심히 독서한 건 부인할 수 없는 사실이니까.

15일(목)

선친의 6주기 제사를 모시다. 아내가 도맡아 음식을 정성껏 마련하다. 아들 부부와 손자, 둘째와 셋째 동생 부부, 여동생과 모친이 참석하다. 바쁜 와중에 멀리 강화에서 와 준 아들 부부와 손자가 대견하다.

아들은 3교대 근무 일정으로 인해, 늘 타이트한 생활 패턴을 이어가고 있지 않은가.

17일(토)

인터넷으로 주문한 LG전자의 빔프로젝터와 포터블 스피커가 택배 편으로 배송되다. 주문도 김 교장의 도움을 받았는데, 수령 역시 김 교장이 하다. 눈이 쌓여 배송 트럭이 동평리 비탈길을 못 올라오다. 김 교장이 위 제품을 확인하고 또 설치해 주기 위해 시내 집을 출발, 독락당 도착 전 눈길에 곤욕을 치르고 있는 트럭을 발견하다.

23일(금)

새벽부터 청수동에 눈이 퍼붓고 있다. 쉽게 그칠 기미가 없다. 오늘은 아내가 한 달에 한 번 병원에 가는 날이다. 어쩔 수 없이 아내와 둘이서 시내버스를 타고 병원으로 향하다. 오래간만에 타는 시내버스다. 진료를 받고 약을 타선 다시 버스를 타고 동평2리에서 내려, 눈길을 헤치고 독락당을 찾아가다. 오후가 되어 그칠 법도 하건만, 눈은 사락사락 하염없이 내려 쌓이고 또 쌓이다.

우선 울안에 쌓인 눈을 치우곤, 출입문 밖 마을길 눈을 치우다.

저녁까지 똑같은 일을 두 번 세 번 반복하다.

부부 눈사람을 만들어, 철제 울타리에 매달려 있는 직사각형의 빈 화분들 위에 나란하니 놓다.

남편 눈사람은 밀짚모자를, 아내 눈사람은 알록달록 꽃무늬 모자를 눌러쓰다. 눈밭 위 조명이 따뜻하니 빛나다. 폭설이 푹푹 내리는 밤, 독락당 주인 부부는 보일러의 온도를 한껏 높여 놓곤, 조곤조곤 산골의 겨울밤을 즐기다.

부근 숲에선 부엉이 울음소리도 들리는 듯.

24일(토)

김 교장 부부가 눈길을 헤치고 독락당을 찾아오다. 오는 길에 케이크 2개를 사 오도록 당부하다. 하나는 청수동 아파트 같은 라인 12층 집 손자에게, 또 하나는 독락당 아랫집 초등학생 자매에게 전달되다. 아내가 산타 역할을 제대로 하다. 홍어회와 묵을 먹고, 떡국을 끓여 오찬의 즐거움을 이어가다.

넷이서 영화 2편을 감상하다. 「더 코러스」와 「더 콘서트」.

김 교장이 직접 요리해서 끓인 동태국으로 만찬을 치르다.

김 교장 차에 편승해 아파트로 귀가하면서, 중도에 아이스크림 판매점에 들러선 맛있는 아이스크림 2통을 사다.

27일(화)

오후 5시, '좋은 친구들' 넷이 중앙시장 내 '동림 장어구이'에서 만나 송년회를 겸한 모임을 갖다.

獨樂堂

이달의 독서

*「박경리 이야기」(김형국 저)

*「더 넓은 세계사」(이희수 외 6인 공저)

*「로마네스크 성당, 빛이 머무는 곳」(강한수 저)

*「도스토옙스키가 사랑한 그림들」(조주관 저)

*「평범한 수집가의 특별한 초대
 – 우리 도자기와 목가구 이야기 –」(최필규 저)

*「도시로 보는 이슬람 문화」(이희수 저)

*「시선의 불평등 – 프레임에 갇힌 여자들–」
(캐서린 매코맥 저, 하지은 역)

*「민족, 정치적 종족성과 민족주의, 그 오랜 역사와 깊은 뿌리」
(아자 가트·알렉산더 야콥슨 공저, 유나영 역)

2023년 1월

1일(월)

새해 첫날, 아내와 함께 흑성산을 오르다. 남들처럼 새해 첫 일출을 본답시고 부지런(방정?)을 떨지는 않다.

10:40 독립기념관 주차장 출발→단풍나무 숲길→서측 등산로→전망대. 시종 눈 밟으며 미끄러지기도 하면서 오르다. 정상에서 내려다보는 독립기념관 겨레의 집을 포함한 건물들과, 그 너머 독락당이 위치한 동평리 마을의 눈 덮인 풍광이 한눈에 들어오다.

목천에 가면 독립기념관과 독락당이 있음을 알렷다.

정상에서의 설경과 조망을 즐긴 후, 올랐던 길을 되짚어 하산하다.

산행 시간 도합 3시간.

오후에는 매당과 김성호 사장의 도움을 받아, 독락당의 인터넷선 연결 관로 탐색 작업을 하다.

5일(목)

독락당에 인터넷 인입선 연결시켜 인터넷망을 개통하다.

김 교장 부부가 궁금하여 찾아왔길래, 내친김에 개통 기념으로 넷플릭스 영화 「미나리」를 감상하다. 대낮에 영화를 보자니, 한편으로 생소하고 또 한편으로는 좀 어색하다.

7일(토)

청당동에 위치한 중국 음식점 '베이징'으로 박만규 원장, 정수용 사범과 박철수 선생, 심재승 형 등 4인을 초청하여, 새해 인사를 겸하여 오찬을 즐기다.

10일(화)

오전 10시, 아내와 함께 청당동에 위치한 '전학수 소아과 의원'을 찾아가 코로나 백신을 접종받다. 이번에는 화이자 백신이다. 저녁에는 두정동 소재 '꼬기집'에서 '좋은 친구들' 넷이 어울려, 돼지고기를 안주로 소주잔을 기울이다.

11일(수)

아내와 함께 서울 상도동을 거쳐 인천공항으로 이동하다.

18:40 딸 효진과 외손녀 지안을 영접하다. 모녀가 중국 광저우에서 날아오다. 지안은 생후 23개월. 갓 첫돌을 나고 출국한 후 첫 대면이다. 넷이서 상도동 아파트에서 숙박하다.

공항으로 출발하기 전 보일러를 미리 가동시킨 덕에 밤추위를 면하다. 정담과 재롱에 겨울밤이 깊어가는 줄도 모르다.

12일(목)

오전에 상도동을 출발, 경부고속도로를 경유하여 독락당에 도착하다. 우선, 손녀를 눈썰매에 앉혀놓고 앞에 연결된 끈으로 끌어주다.

손녀가 좋아라 하다. 중국 광저우에서는 사시사철 눈 구경을 할래야 할 수가 없지 않은가.

16일(월)

손녀 지안, 세종시에 있는 친할머니댁에 가다.

18일(수)

지안 모녀, 동평리 독락당으로 복귀하다. 사돈 내외분이 손수 운전하여 손녀를 데려오다.

21일(토)

'좋은 친구들' 4인이 원성동 소재 '대도일식'에서 회합하여 오찬을 즐기다. 매년 설날과 추석 연휴의 명절 전날 만나 점심 식사를 해 온 지도 꽤나 오래다. 딸이 손녀를 데리고 설을 쇠기 위해 시댁으로 가다.

22일(월)

설날 차례를 모시다. 둘째네 식구 여섯, 셋째네 넷, 그리고 모친이 참석하다. 나와 아내를 포함하여 13명이다. 아들 가족 셋은 아들의 직장 근무 관계로 오지 못하다. 3교대 근무에 묶여 야간 근무를 밥 먹듯이 하고, 주말 주일이나 명절 연휴에도 맘대로 쉬지 못하고 있다.

대학 시절을 알차게 보내지 않은 업보라고나 할까.

23(월)

숲속 딱따구리 염불 소리가 독락당에 울려 퍼지다.

지안 모녀 독락당으로 복귀하다.

26일(목)

지안 손녀의 두 돌 생일. 독락당에 조촐하니 생일상을 차리다.

사위는 회사 일로 바빠 광저우에 매여 있는 고로, 화상통화로 부녀가 대면하다. 손녀의 생일을 축하하듯 서설이 내리다.

눈 내린 마을 길을 두 번이나 쓸다. 보일러의 온도를 올리고, 넷이서 독락당의 평온과 운치를 만끽하다. 실내는 점점 더 포근해지고, 창밖엔 사각사각 눈이 쌓여가다. 좋은 밤, 감사한 밤이다.

27일(금)

아내를 차에 태우고 눈길을 조심조심 운전하여, '서울W내과'를 찾다. 진료 결과 당뇨 치료에 차도가 있어 몸 상태가 많이 좋아졌다 하니, 나로서도 저으기 안심이다.

이달의 독서

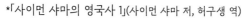

*「사이먼 샤마의 영국사 1」(사이먼 샤마 저, 허구생 역)

*「감시와 처벌 – 감옥의 탄생 –」(미셸 푸코 저, 오생근 역)

*「페데리코 펠리니 – 꿈과 기억의 주술사 –」
(툴리오 케치치 저, 한창호 역)

*「오래된 질문
– 내 안의 두려움을 마주하는 인생의 지혜를 찾아서 –」
(장원재 저)

*「노가다 가라사대」(송주홍 저)

*「숲에 산다」(조상호 저)

*「공덕귀 생애와 사상」(김명구 저)

*「우리 미학의 거리를 걷다」(김형국 저)

*「선비 문화의 빛과 그림자」(김경동 저)

2월

1일(수)

손녀 지수(志修) 출생하다. 음력으로는 계묘(癸卯)년 정월 열하룻 날 미시(未時). 탄생을 축하하다.

4일(토)

입춘 날, 친우들이 독락당으로 찾아오다. 박 원장, 정 사범, 심재 승, 담소 후 읍사무소 부근 '병천전통순대'로 자리를 옮겨, 순대국밥 으로 점심을 먹다.

6일(월)

며느리가 산부인과 병원을 퇴원하다. 같은 의료재단에서 운영하 는 산후조리원으로 옮겨가다. 병원과 산후조리원이 김포 신도시에 위치해 있어, 우선 전화상으로 안부를 묻고 격려하다.

들리는 말로는 아들이 산후조리원에 함께 있으면서 며느리와 손녀를 수발하고, 손자는 안사돈이 강화도 아파트에서 데리고 있겠다고 하니, 저으기 마음이 놓이다.

손녀 지안, 친할머니댁에 가다.

8일(수)

독락당 온실에 완두콩을 심고, 텃밭에도 함께 심다. 노지에 심긴 녀석들이 추위를 잘 견딜지, 자못 걱정이 들긴 한다.

9일(목)

지안 모녀 동평리로 복귀하다.

12일(일)

아침 햇살 쏟아지는 독락당에 딱따구리 염불 소리 울려 퍼지다. 정원 잔디 위에 떨어진 솔잎을 줍고, 주변 환경 정리하다.

15일(수)

가마솥에 토종닭을 삶아, 독락당 오찬을 주최하다.

손님으론 김 교장 부부와 정수용 형이 오다. 우리 쪽은 나와 아내, 그리고 딸과 손녀. 무쇠솥 아궁이에 장작불 지피는 모습은 손녀에게 특별한 경험이 될 것이다. 반주로 '수정방'을 내놓다.

이번에 사위 녀석이 특별히 챙겨 보낸 선물이다.

저녁에는 넷플릭스 영화 「앙」을 감상하다. 나병 노파 관련 일본영화다.

17일(금)

아내와 함께 17:30 유량동에 위치한 '송연'에서 있는 '수요회' 모임에 참석하다.

19일(일)

며느리가 손녀와 함께 산후조리원을 퇴원, 강화도의 아파트 집으로 가다. 손자 기성이 동생을 보고 신기해한다나.

아무래도 독차지하던 귀여움과 관심을 동생에게 뺏긴 입장에서 어린 마음에도 상처가 생기지 않을까?

21일(화)

아내와 딸, 손녀를 차에 태우고 서울 상도동 아파트로 올라가 숙박하다. 딸과 손녀가 내일 출국 예정. 저녁에 아들이 손자를 데리고 강화도에서 찾아오다. 치킨과 맥주를 시켜선, 조촐하나마 송별연. 밤 늦게 아들은 손자를 데리고 다시 강화도로 돌아가다. 바삐 사는 인생이다.

22일(수)

이른 아침 딸과 손녀를 차에 태우고, 아내와 함께 인천공항으로 향하다. 탑승 수속을 마치고 곧이어 송별. 모녀는 다시 타국에서의 분주한 일상으로 돌아가다.

손녀를 떠나보내고 돌아오는 길. 운전석의 나도, 조수석의 아내도 그저 앞만 응시할 뿐 말이 없다.

진행 방향 왼쪽으로, 강물도 소리 없이 유유히 흐르고 있다.

24일(금)

독락당 정원에 심은 포도나무 6주에 퇴비를 넣다. 파고라 양쪽 각각 3주씩인데, 바닥을 가로지르는 철제 구조물 때문에 부득불 원형이 아닌 반원형으로 구덩이를 파곤 그 안에 퇴비를 넣다.

아내의 도움이 있어도, 힘에 부치는 것은 어쩔 수 없다. 포도나무들이 우리 부부의 수고에 얼마나 보답을 할 것인지?

25일(토)

무슨 바람이 불었는지, 박 원장이 정 사범을 앞세워 독락당을 찾아오다. 차를 마시며 정담을 나누곤, 읍사무소 부근에 있는 '병천전통순대'로 옮겨가 점심을 먹다.

오후에는 아내와 함께, 독락당으로 옮겨온 이후 처음으로 마을 뒤편으로 주욱 이어지는 능선을 기어올라 등산로를 개척하다. 희미해진 오솔길의 흔적을 찾아가며 1시간 30분 산행.

26일(일)

아내와 함께 동곡선영을 참배하다.

수목 전지 작업과 함께 주변 환경을 정비하다. 도라지도 캐다. 영
지버섯은 덤으로 얻다. 6시간 열심히 몸을 놀리다.

獨樂堂

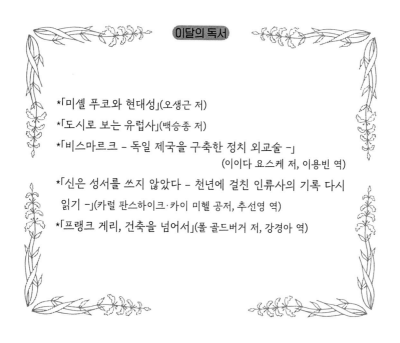

이달의 독서

*「미셸 푸코와 현대성」(오생근 저)
*「도시로 보는 유럽사」(백승종 저)
*「비스마르크 – 독일 제국을 구축한 정치 외교술 –」
(이이다 요스케 저, 이용빈 역)
*「신은 성서를 쓰지 않았다 – 천년에 걸친 인류사의 기록 다시
읽기 –」(카럴 판스하이크·카이 미헬 공저, 추선영 역)
*「프랭크 게리, 건축을 넘어서」(폴 골드버거 저, 강경아 역)

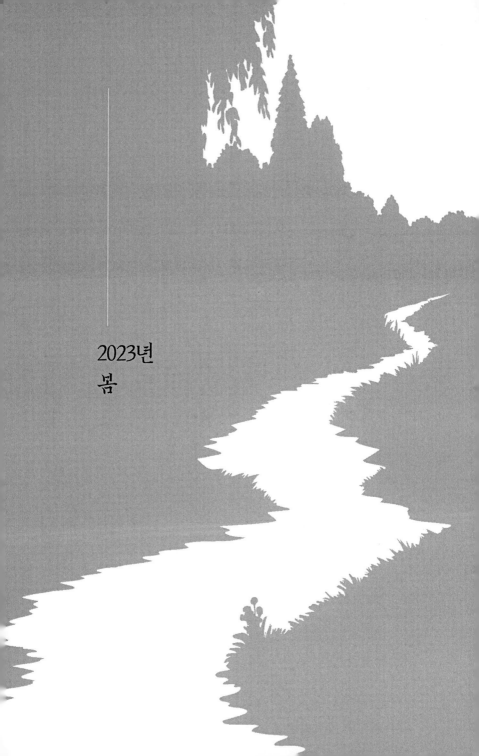

2023년
봄

3월

1일(수)

3·1절이자 병천 오일장 날이다. 아내와 함께 병천 '진산원예가든 센터'를 찾아가다. 노각나무와 때죽나무가 있는지 문의하니 사장 아들 왈, "그런 나무들을 어떻게 알고 찾느냐?" 적당한 크기로 각 1주씩 구입하여 독락당으로 곧장 돌아와선, 정원 입구에 심다.

4일(토)

동곡선영을 찾아 수목을 전지하고, 주변의 환경을 정비하다. 할 일이 별로 없을 것 같으나, 막상 눈으로 확인되는 부분은 그냥 내버려둘 수가 없다. 성격 탓일 수도 있다. 함께 살다 보니 아내도 점점 나의 성격을 닮아가고, 그러다 보니 브레이크 거는 쪽이 없다. 가벼웁게 3시간 노동하다.

돌아오는 길에 어린 반송 1주를 캐서 옮겨와, 독락당 정원에 심다.

기성 부자가 독락당을 방문, 만찬을 함께하다. 며느리는 어린 손녀 때문에 내려오지 못하다. 아들 손자 독락당에서 1박.

5일(일)

친구인 '정토환경'의 정경재 사장이 할리 데이비슨을 몰고 드라이브하다가, 목천 부근을 통과하던 중 독락당을 들르다. 친구의 얼굴이 확인되기도 전에 오토바이의 묵직한 엔진 소리가 귀에 들어오다.

야외 데크에 놓인 벤치에 앉아, 오순도순 차담을 나눠가며 오후의 봄 햇살을 누리다.

6일(월)

저녁에 광덕 매당 집에 초대되어, 우리 부부와 경재 형 부부, 그리고 초청자인 매당 부부 등 3가족 여섯 명이 둘러앉아 만찬을 즐기다.

경재 형은 어제와 달리, 오늘은 부인과 함께 차를 타고 오다. 한 사람은 아예 술을 안 하고, 나와 매당이 권커니 잣거니 하다 보니 제법 취기가 오르다.

7일(화)

독락당 정원에 모란과 철쭉, 그리고 회양목을 각 1주씩 심다. 작약과 수선화 구근도 심다. 이 화초들이 꽃을 피우면, 정원의 분위기가 한껏 살아날 것이다. 오늘 심은 것 전부를 아내가 처남으로부터 얻어오다.

8일(수)

독락당 온실에서 겨울을 난 화분들을 정리하고, 그 공간을 일궈 강낭콩을 심다. 온실을 둘러싼 비닐로는 한겨울 추위를 피할 수 없다. 온실 안에서 겨울을 난 화분 식물 중 버텨낸 녀석이 없다. 하기사 대충은 예상했던 일이다. 그렇다고 이제 와서 온실 외벽을 유리로 덮을 생각은 없다.

김 교장이 심심했던지, 부인과 함께 독락당을 찾아오다. 김 교장의 부인은 나의 이종사촌 여동생이면서 더불어 나의 아내와는 초등학교 때부터의 단짝 친구이기도 하다.

넷이서 바람도 쐴 겸 조치원의 고복 저수지까지 드라이브하다.

'도가네 매운탕'에서 만찬을 하다. 얼큰한 맛에, 오래간만에 시원하니 땀을 흘리다.

11일(토)

아내와 함께 외출하였다가 귀가하는 길에, 매당 집에 잠시 들르다. 유시(酉時)라 그런지 목이 출출하던 차에 집주인이 탁주를 권하니, 이를 사양할 수가 없다. 단숨에 한 잔을 쭈욱 들이켜다.

매당이 뜰에 심어놓은 부추와 소국을, 삽으로 푹푹 떠 큰 봉투에 담아주다.

12일(일)

독락당 정원과 텃밭에, 어제 얻어온 부추와 소국을 심다. 소국에 딸려 온 참나리 구근이 4개나 되다. 조심조심 떼어내어 정원 한쪽에 심다.

15일(수)

아내와 함께 손녀 지수를 보러 강화도를 다녀오다. 출생 후 두 달 반만의 상봉. 너무 무심한 거 아니냐 할 수도 있겠으나, 세상 사람들 입방아에 이리저리 휘둘리기에는 우리 부부의 일상이 아직까지는 꽤나 바쁘다.

16일(목)

상도동 아파트에서 하룻밤 잠을 잔 후, 아내를 차에 태우고 운전하여 독락당으로 귀환하다. 하루 자리를 비운 사이, 수선화가 첫 꽃봉오리를 터뜨리다. 봄의 화단은 노란색의 향연으로 새봄을 시작하다.

18일(토)

아내와 함께 동곡으로 가다. 우리 부부의 주말 일정으로 정착되다. 주변 환경 정비 작업. 말하자면 봄맞이 대청소 개념이랄까.

아내가 활짝 핀 매화를 따다. 말려서 매화차로 쓸 요량이다. 매화차의 은근한 향이 혀끝에 닿는 느낌을 받다.

저녁에는 매당 부부를 독락당으로 초청하여 함께 만찬의 즐거움을 누리다. 지난번 매당이 우리 부부를 초청해준 데 대한 답례라고나 할까.

20일(월)

아내와 함께 독락당 정원에 장미를 심다.

22일(수)

독락당 텃밭에 근대와 아욱, 비트의 씨앗을 뿌리다.

25일(토)

'좋은 친구들' 넷이 부부 동반으로 단양 기행에 나서다. 1박 2일 일정. 승용차 2대에 분승하여 이동. 내가 운전하는 차에 아내와 정 사범 부부가 동승. 이종익 사장의 승용차에는 그의 부인과 박 원장 부부가 탑승. 08:00 천안 박물관 출발. 청풍단지 케이블카 탑승. 장 회나루 식당 오찬 후 유람선 탑승. 단양 관광호텔 투숙.

우리 부부에게는 301호실의 객실 키가 주어지다. 1시간여의 휴식 후, 지역에서 꽤 유명하다는 식당으로 이동하여 만찬을 즐기다. 식사 후 거리를 산책하며 야경과 봄밤의 향기로운 공기를 눈과 코로 끌어당기다.

26일(일)

단양 기행 이틀째. 09:00 호텔 체크아웃. 스카이 워크와 도담 삼 봉을 둘러보다. 굽이굽이 산봉우리와 물이 어우러져 단양 팔경의 풍

광이 빚어지다. 삼봉 정도전의 동상 앞 계단에 앉은 자세로 독사진을 찍다. '백성은 밥이다'라는 논리로 민초에 기반한 혁명론을 주창한 그. 무장 이성계를 앞세워 역성혁명을 이루어낸 그. 왕권에 맞서 신권론을 견지하다가 끝내 태종 이방원에 의해 축출, 처형되었던 그가 아니던가.

전통시장에 들러 지역 토산품 등 상품을 쇼핑하다. 이사장과 박원장 부인이 패러글라이딩을 체험하겠다고 하여 짧은 시간의 안전교육 후 차량으로 산 정상 이륙장으로 이동하다. 나머지 인원은 강변 공원에서 위 두 사람이 부근에 착륙하기를 기다리다.

패러글라이딩을 조종하는 전문가가 따로 있고, 체험자들은 조종자의 전면에 함께 매달려서 활공하는 방식이다.

여하튼 이 사장과 박 원장 부인은 활공 후 안전하게 땅을 디디다.

매운탕으로 오찬을 하다. 귀로에 월악산 송계마을 찻집에서 각자 취향에 맞는 차를 주문하여 마시며 담소를 나누다.

목천 '망치돈가스'에서 만찬 후 피곤한 몸을 이끌고 각자 집으로 돌아가다.

29일(수)

동곡의 배롱나무들 월동 보온재를 벗겨주고, 잔디 위 잡초 제거하다. 아내와 함께 3시간 일하다.

귀로에 병천 '진산원예가든센터'에 들러 꽃나무를 여럿 사다.

수양홍도화 1주, 명자나무 3주, 미니장미 6주, 미스킴 라일락 2주, 별목련 1주, 캥거루 발톱 1주. 독락당 정원에 적당한 위치를 선정하여 심다. 꽃 피는 독락당의 정원을 머릿속에 그려보다.

31일(금)

김 교장 부부와 우리 부부 넷이서 대전에 거주하는 박명동 선생 댁을 방문하다. 행정구역상 대전이긴 하나, 대청호를 끼고 있다. 호수를 따라 **빽빽**하니 심어진 아름드리 벚나무들마다 만개의 꽃을 무겁게 이고 있다. 김정숙 여사가 직접 부쳐 낸 전들을 안주 삼아 술잔을 주고 받다. 주변의 봄 풍광을 끼고 술 마시는 남자들 셋 모두 신선이 된 듯하다. 점심 식사를 끝낸 후 마나님들은 설거지하면서 정담을 나누고, 그 사이 남자들은 호수를 따라 난 오솔길로 산책에 나서다.

그렇게 그렇게 봄날의 오후 시간들이 구름 따라 물 따라 느릿느릿 흘러가다.

獨樂堂

이달의 독서

*「추의 미학」(카를 로젠크란츠 저, 조경식 역)
*「우크라이나에서 온 메시지 - 젤렌스키 대통령 항전 연설문집 -」(볼로디미르 젤렌스키 저, 박누리·박상현 공역)
*「끝나지 않은 한국인 이야기(1권) 별의 지도」(이어령 저)
*「정의감 중독사회」(안도 슌스케 저, 송지현 역)
*「동서고금의 재밌는 이야기 이 생각 저 생각」(최명 저)
*「노자와 장자에 기대어」(최진석 저)
*「경계들 -보더 스터디즈 입문-」
　　　　　(알렉산더 디너·조슈아 헤이건 공저, 임경화 외 역)
*「시대로부터의 탈출」(후고 발 저, 박현용 역)
*「숙명의 하이라루」(김창룡 저, 남정옥 편)
*「글로 지은 집」(강인숙 저)

4월

2일(일)

아내와 함께 동곡선영 잔디 위로 솟아난 잡초를 뽑다. 지극히 단순한 작업이지만, 독서인의 입장에서는 두뇌의 휴식을 취하는 시간이기도 하고, 무념무상의 경지에 빠져듦 또한 일상에서 쉽게 경험할 수는 없는 차원의 세계다. 5시간의 노동이 육체의 피로보다는 오히려 평온에의 침잠으로 이끌다. 이곳 동곡도 벚꽃이 만개한 상태다.

3일(월)

산방천변 벚꽃길과 동리 마을 안길을 따라 산책하다. 아내와 함께 나섰음은 물론이다. 산방천을 경계로 동쪽 마을은 동리, 서쪽 동네는 서리다. 단순하기 그지없는 지명이다. 동쪽에 있다 해서 동해, 서쪽 바다라 해서 서해 하는 식이다.

동리에는 석오 이동녕 선생 생가가 자리하고 있다.

벚꽃 그늘이 드리워진 '세븐일레븐'데크의 파라솔 아래에서 캔맥주를 입에 머금다. 독락당으로 돌아오는 길에, 전통찻집에도 들르다.

4일(화)

우리 부부와 김 교장 부부가 함께 남도기행에 나서다. 남원 '김병종 미술관'을 찾아 작가의 작품들을 감상하다. 김 교수는 그림 솜씨 못지않게 글솜씨도 탁월하다. 남원 시내 광한루 옆을 흐르는 하천변을 따라 난 길을 걸으며 산책하다. 벚꽃과 튤립이 한창이다. 부근 식당에서 뷔페식 한식으로 점심을 먹다. 구례로 이동하여 사성암과 오산 정상의 정자에 오르다. 지리산 '일성콘도'에 짐을 풀고, 느긋하니 만찬을 즐기다.

봄비 내리는 밤, 영화 「열정과 냉정 사이」를 감상하곤 잠을 청하다.

5일(수)

절기상 '청명'에 걸맞지 않게 봄비가 이어지다. 비에 젖은 꽃길 지방도를 달려 '최명희 문학관'에 도착하다. 미국에 소설 「바람과 함께 사라지다」의 마가렛 미첼이 있다면, 한국에는 「혼불」의 최명희 작가가 있다. 양쪽 다 단 하나의 장편소설로써 유명 작가의 반열에 올랐다는 공통점이 있다. 나도, 아내도 「혼불」을 감동적으로 읽었다는 공약수를 가지고 있다.

기념관 이곳저곳을 둘러본 후, 일행은 익산으로 이동하다. 부근 식당에서 맛깔스러운 남도 음식을 점심으로 먹고는, 국립익산박물관과 미륵사지 석탑, 그리고 백제왕궁박물관을 관람하다. 통상 백제유적 하면 공주, 부여만 거론하기 십상인데, 이곳 익산 기행을 통해 백제 역사의 새로운 부분을 눈에 넣고 마음에 새기다.

봄비 속 고속도로를 달려 귀향하다.

6일(목)

'진산원예가든센터'에서 에메랄드 그린 9주를 구입하여, 독락당 정원의 도롯가 울타리 쪽에 일렬로 심다. 독락당 건물 쪽으로 향하는 도로를 가리기 위한 목적이다. 일종의 비보풍수랄까. 여하튼 나무들이 몇 년은 더 커야 제대로 된 담장 역할을 해 줄 수 있을 것이다.

함께 사 온 사포니아 20본을 장방형 화분 2개에 나눠심다.

화분 둘은 출입문 근처 철제 울타리에 매달린 상태다.

7일(금)

독락당 텃밭에 퇴비 넣고, 두둑을 만들어 비닐을 씌우다.

아내와 함께 4시간 작업.

저녁에는 두정동에 위치한 '술타령'에서 죽마고우 여섯이 모여, 식사와 술을 들어가면서 어린 시절 이야기로 화기애애한 분위기를 이어가다. 희석, 재학, 완섭, 병로, 남수가 바로 그들이다. 이제 다들 예순다섯 영감들이다.

8일(토)

아내와 함께 동곡 묵은 밭에 퇴비를 넣고 일궈선, 두둑을 만들고 비닐도 씌우다. 도라지 씨도 파종하다. 선친 묘소 주변 잡초도 뽑다. 5시간 노동하다. 두릅과 엄나무 순, 그리고 오가피와 구기자 순도 따다. 수확량이 많아 당분간 반찬 걱정 없겠다. 아내 손이 많이 가기는 하겠지만, 그녀는 이런 일 자체를 즐긴다.

14일(금)

독락당 출입문 밖 도로 건너편 마을 공원이 잡초로 우거진 채 방치되어 있어, 잡초들을 뿌리째 뽑다. 삽으로 흙을 뒤집어 마치 밭을 일구듯이 하다. 이제 남은 일은, 틈나는 대로 꽃씨를 뿌리거나 꽃을 구해 옮겨심는 일. 아무도 하려 하지 않는 일을 나서서 하는 이가 있어야, 이 사회가 재미있지 않겠나.

15일(토)

독락당 정원을 지키고 있는 모란이 첫 꽃망울을 터뜨리다.

동곡선영 잔디 위 잡초 제거하고, 동곡에서 자라고 있는 소국과 벌개미취 일부를 삽으로 떠내어, 어제 조성한 서래마을 공원으로 이식하다. 이 모든 과정을 아내의 도움에 의지하다. 두릅과 구기자 순도 채취하다.

서동희 사장이 독락당 데크 위 지붕의 보수와 물받이 홈통 추가 설치 공사를 하다.

16일(일)

매당이 전화상으로 우리 부부를 불러내어, 아내와 함께 광덕면사무소 부근 '청하식당'을 찾아가다. 매당도 부인을 대동하고 나오다.

새우매운탕과 막걸리로 맛을 음미해가며, 정담을 나누다. 식사가 끝난 후, 잠시 매당의 집에 들르다. 집주인이 초롱꽃과 옥잠화 소국을 선사하다. 이래저래 꽃복이 많아요!

17일(월)

독락당 정원에 초롱꽃과 옥잠화를 심다. 내친김에 마을 공원 일 귀, 소국과 초롱꽃을 심다. 주민들 중 누군가는 공원을 아름답게 꾸 며야 하고, 아무도 나서지 않는다면 우리 부부가 기꺼이 총대를 메 고자 한다.

20일(목)

음력으로 삼월 초하룻날, 초저녁 독락당 좌측 능선 숲에서 소쩍 새 울다.

21일(금)

오후 5시 북면 연춘리에 위치한 '안고시'에서 있은 '수요회' 모임에 참석하다. 모임 후 회원들의 독락당 방문이 예정되어 있어, 아내는 손님맞이 준비로 바빠 모처럼 단독으로 모임에 가다.

저녁 식사 후 독락당으로 이동하여, 17명이 가든파티를 하다.

아내는 차와 함께, 특식으로 마련한 쑥인절미를 내놓다. 다들 맛있다며, 이미 배가 찰 만큼 찼음에도 부지런히 손들을 놀리다.

회원들이 독락당을 떠날 무렵, 아내는 방문 기념 타올 세트와 함께 포장한 쑥인절미를 회원들에게 일일이 선물로 건네다.

안주인의 자상함이라니. 독락당의 밤공기가 훈훈하다.

밤하늘에는 별도 총총하니…

22일(일)

아내와 함께 동곡선영 잔디 위 잡초를 일일이 솎아내다. 뽑아도 뽑아도 끝이 없지만, 누가 이기나 한번 겨뤄볼까나. 걷는 것 자체를 수행으로 받아들이는 승려가 있듯, 나에게는 잡초 뽑는 일이 또한 수행인 것을. 어쩔거나? 5시간 수행.

24일(월)

우리 부부와 김 교장 부부가 '병천전통순대'에서 만나 순대 요리로 점심을 먹다. 그간 몇 번 다녀갔다고, 식당 안주인이 먼저 아는 체를 하고, 또 특별히 음식을 챙겨주다. 여하튼 고마운 일이다.

식사 후 함께 독락당으로 장소를 옮겨, 넷플릭스 영화 「아빠의 바이올린」(터키, 2022)을 감상하다.

27일(목)

매당 부부와 권희 원장 부부를 독락당으로 초대하여 만찬을 즐기다. 권희 형은 쌍용동에 위치한 '본 정형외과'의 대표 원장이다. 매당과는 처남 매부지간이다. 권 원장은 독락당에서 그리 멀지 않은 병천면 가전리의 전원주택에서 부인과 함께 거주하고 있다.

나의 친가와 처가 식구들의 진료와 관련하여, 그간 여러 번에 걸쳐 권 원장에게 신세를 진 일이 있다.

남자들뿐만 아니라, 부인들끼리도 죽이 잘 맞다.

28일(금)

김 교장과 부부 동반으로 남도 기행에 나서다. 이번에는 당일치기를 시도하다. 06:00 청수동 아파트를 출발하다. 합천 황매산을 오르다. 철쭉 만개. 온 산이 철쭉으로 뒤덮이다. 동쪽으로 방향을 잡아 고속도로를 달려, 대구 비슬산 유가사를 찾아가다. 촘촘히 늘어세운 시비와 어록비가 영 눈에 거슬리다. 탄핵당한 전직 대통령의 사저 앞을 지나면서 차창을 열고 속도를 줄이니, 건물 앞에 선 경비원이 차량을 향해 손을 내저으며 험악한 표정을 짓다. 건물 주인의 모습은 고사하고, 건물 외벽에 잇대어 심은 대나무의 줄기와 잎이 말라 있는 쓸쓸함과 적막감만을 눈에 넣다.

아내가, 내친김에 청도 운문사 사리암에도 들르자고 제안하다. 몇 번의 망설임 끝에, 결국 동의하다. 주저의 이유는 시간상의 촉박함과 야간 운전의 부담. 꼬불꼬불 돌고 돌아 운문사 경내를 통과하고 또 숲속을 가로질러, 사리암 초입에 도착. 부지런히 돌계단을 기어올라 마침내 사리암에 다다르다.

아내가 불전에 향을 사르고 삼배를 올리다. 암자를 내려와 차의 시동을 걸었을 때는, 이미 사위에 어둠이 깔리고 있다. 한 시간여를 달리다, 도롯가 맞춤한 식당을 찾아내 허기진 배를 채우다. 지방도와 국도를 거쳐 고속도로에 진입하자, 비로소 안심이 되다. 출발했던 원점으로 돌아오니 22:40.

동분서주의 하루, 다들 수고가 많았수다.

나의 그랜저 차량도 수고 많았고!

偕樂堂

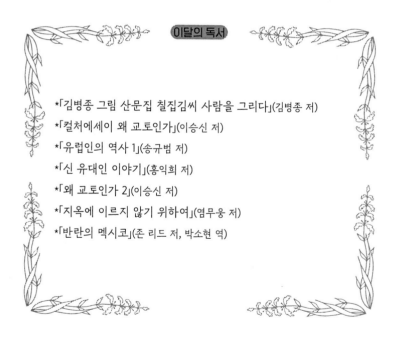

이달의 독서

*「김병종 그림 산문집 칠집김씨 사람을 그리다」(김병종 저)

*「컬처에세이 왜 교토인가」(이승신 저)

*「유럽인의 역사 1」(송규범 저)

*「신 유대인 이야기」(홍익희 저)

*「왜 교토인가 2」(이승신 저)

*「지옥에 이르지 않기 위하여」(염무웅 저)

*「반란의 멕시코」(존 리드 저, 박소현 역)

5월

2일(화)

아내와 함께 동곡선영 잔디 위로 올라온 잡초를 제거하고, 고춧
모를 35포기 심다. 4시간 일하다. 이제부터는 본격적인 농사철이다.
독락당 텃밭에 참외 3포기, 오이 3포기, 노각오이 2포기, 토마토 8포
기, 호박 2포기, 가지 3포기, 상추 12포기의 모종을 심다.

3일(수)

독락당 텃밭에 추가로 토마토 6포기, 아삭이 고추 6주를 심다.
김 교장 부부가 오후 늦게 독락당을 방문, 함께 조촐하니 저녁식
사를 하다. 김 교장은 동면 장송리에 3백여 평 밭을 소유하고 있
고, 교직 퇴임 후 본격적인 농사에 나서다. 독락당은 장송리 밭으
로 가는 중간에 위치하고 있어, 친절하게도 오가는 길에 장송리
밭에 있는 관정에서 용출되는 암반수를 독락당에 식수로 공급해

주고 있다.

김 교장 부부가 수시로 독락당을 왕래하는 주된 이유다.

4일(목)

기성 가족 넷이 독락당을 방문하다. 아들이 근무를 마치고 출발하다 보니, 심야의 우중에 도착하다. 손녀 지수로서는 할아버지 할머니 집의 첫 방문이다. 2박 3일간의 방문 일정이 시작되다.

5일(금)

오늘이 어린이날이기도 하거니와, 손녀 지수가 태어난 지 꼭 100일 되는 날이기도 하다. 독락당에서 조촐하니 백일연을 열다. 모친과 장모님을 함께 모시다. 손녀가 튼튼하게 무럭무럭 잘 자라기를!

6일(토)

기성 가족이 체류 일정을 다 소화하고, 독락당을 떠나 강화도로 돌아가다. 비바람에 독락당 텃밭에 심겨진 오이 1주와 토마토 1주의 줄기가 꺾이다.

7일(일)

권희 원장이 가전리에 위치한 '벽운재(碧雲齋)'로 우리 부부를 초대, 만찬을 함께하다. 매당 부부도 참석하다.

9일(화)

동서와 처제가 독락당을 방문하다. 우리 부부와 홍천 나들이를 몇 번 했던 김 교장 부부가 합류하여, '병천전통순대'에서 오찬을 즐기다. 저녁에는 박 원장, 정 사범과 셋이서 두정동에 있는 '족가네'에서 회합하여 약간의 술을 곁들여 족발을 먹다.

10일(수)

아내, 그리고 김 교장 부부와 함께 속리산 중사자암 탐방에 나서다.

06:00 청수동 아파트 출발. 속리산 주차장에서 법주사를 거쳐, 세심정과 보현재를 통과하여 중사자암에 도착하다. 불전에 삼배를 올리고 지륜 스님과 차담을 나누다. 연등도 걸다. 갔던 길을 되돌려, 주차장에 내려오다. 6시간 소요. 개울 건너 '옹심이 칼국수'에

서, 메밀전과 막국수로 늦은 점심을 들다.

편안한 마음으로 무사히 귀가하다.

11일(목)

독락당에서 올해 들어 처음으로 뻐꾸기 울음소리를 듣다.

12일(금)

독락당에 꾀꼬리 노랫소리 울려 퍼지다.

13일(토)

오후 2시에 아내와 함께, 천안박물관 공연장에서 있는 '토요상설무대' 무용공연을 관람하다. 코로나 유행 기간에는 아예 공연이 없었으니, 우리로서는 정말 모처럼의 상설무대 공연 관람이다.

오후 5시에는 부부 동반으로 부대동 소재 '비렌티 웨딩홀' 3층 베르테 홀에서 거행된 이형은 군 결혼식에 참석하다. 이군은 성악을 전공한 음악도로서, 현재 유명 보안업체 직원으로 재직 중이다. 2005년 나의 책 출판기념회에, 이군의 모친인 장재교 여사가 참석하여 나의 글을 낭독한 인연이 있기도 하다.

이군! 행복한 결혼생활을 이어가길 기원하네. 가끔씩 멋진 노래도 좀 부르고.

14일(일)

동곡에 심은 고추의 지지대를 설치하고 줄을 매주다. 비바람에 쓰러지는 것을 방지하기 위한 목적이다. 오늘도 어김없이 잡초 제거 작업이 뒤따르다. 4시간 수고하다. 동곡을 오가다가 알게 된, 근처에서 농사짓는 분으로부터 대파와 열무를 한아름 얻다. 번거로움이 뒤따를 것이 뻔함에도 불구하고, 아내가 무척 좋아하다.

15일(월)

홈시어터를 통해 넷플릭스 영화 「아모르」(칸 영화제 황금종려상 수상작)를 시청하다.

16일(화)

독락당 근처 숲에서 딱따구리 선생이 염불하다.

자란 상추를 처음 뜯다.

아내와 함께 넷플릭스 영화 「FARAWAY」를 감상하다.

18일(목)

독락당 온실에 심은 완두콩을 수확하다. 당분간 밥맛이 더욱 당기게 생겼군!

19일(금)

완두콩을 수확하여 비우게 된 공간에 상추와 쑥갓, 당귀 모종을 식재하다.

20일(토)

독락당 정원에 심은 해당화가 핑크 빛 첫 꽃망울을 터뜨리다.

바지 뒷주머니에 양손을 찌르고선 '섬마을 선생님'을 흥얼거려 보다. 솔직히 말해 해당화인지도 모르고 심다. 줄곧 장미인 줄로만 알고 있었지.

21일(일)

소만이자 부부의 날이다. 우리로서는 특별한 일정이 없다.

넷플릭스 영화 「THE CROWN」(감독 필립 마틴)을 시청하다. 몇회분 짜리인지도 모른 채 부부가 함께 시청을 시작, 이번 회로 끝나겠지 끝나겠지 하며 버텨나가다가, 10시간째 접어들어서 결국 더 이상의 시청을 포기하다.

새벽 4시가 되어가고 있다. 아이구머니나!

22일(월)

오후 6시 반에 다가동 소재 '한춘 정육식당'에서 있은 고등학교 동창회에 모처럼 참석하다. 일곱달인가 만의 참석인지라, 총무의 지적과 안내에 따라 참석자들에게 장황한 인사말을 해야하는 입장이 되다.

23일(화)

계광중23회 동창회 모임에 참석하다. 쌍용동에 위치한 '만인식당'. 이 모임 역시 오래간만의 참석이라, 어제와 비슷한 곤욕을 치르다. 1년 회비를 다 납부하고 월례회 참석을 한두 번으로 그치면,

꼬박꼬박 참석하는 친구들이 그만큼 더 먹을 수 있어 좋지 않나?

24일(수)

독락당 텃밭에 심은 완두콩을 수확하고, 빈 자리에 상추와 쪽파를 심다.

26일(금)

김 교장이 만들어 온 새모이 좌대를 독락당 정원 울타리 부근에 설치하고, 작물지지를 위한 원통형 지지대를 타설하다. 지지대 높이가 2미터나 되어, 김 교장이 제작한 특수장비를 사용하여 땅에 박다.

저녁에 아내와 함께 넷플릭스 영화 「여인의 향기」(마틴 브레스트 감독 작)를 감상하다.

27일(토)

영화 「퀸 샬롯」과 「퀸 클레오파트라」를 연이어 감상하다. 물론 아내와 함께.

28일(일)

아내와 영화 「FAME(페임)」과 「레 미제라블」을 연속하여 감상하다. 이러다가 영화보는 재미에 푹 빠져버릴라.

29일(월)

둘이서 영화 「아웃 오브 아프리카」를 감상하다.

30일(화)

김 교장 부부, 아내와 함께 독립기념관까지 걸어가, K-컬처 홍보 공연과 KBS '열린 음악회' 녹화 공연을 관람하다. 혹시나 하여 쿠바에서 산 노랑 구두와 파나마 모자로 치장하고 갔으나, 지정받아 앉은 좌석은 어느 카메라로부터도 사각인 나무아래 그늘 속이다. 녹화 화면 속에 얼굴이 비칠 가능성을 앞서 포기하니 헛웃음이 나오다. 이거야말로 비단 옷 입고 어둠 속을 걸어가는 격 아닌가. 공연이 끝나고 독락당까지 걸어오는 밤길은 또 왜 그리 멀단 말인가.

31일(수)

독락당 텃밭에 심은 오이와 가지가 꽃을 피우다. 노란색과 자주색. '좋은 친구들' 넷이서 중앙시장 부근 '광시국밥'에 모여 탁주를 곁들여 저녁식사하다. 오후 다섯시이니, 막 유시가 시작됨이라. 주석을 파하고 식당 밖으로 나와도 아직 사위가 환하다. 다들 얼굴의 불콰함을 확인하다, 서로의 얼굴을 마주보면서.

獨樂堂

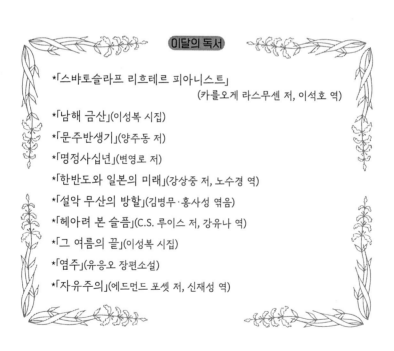

이달의 독서

*「스뱌토슬라프 리흐테르 피아니스트」
(카를오게 라스무센 저, 이석호 역)

*「남해 금산」(이성복 시집)

*「문주반생기」(양주동 저)

*「명정사십년」(변영로 저)

*「한반도와 일본의 미래」(강상중 저, 노수경 역)

*「설악 무산의 방할」(김병무·홍사성 엮음)

*「헤아려 본 슬픔」(C.S. 루이스 저, 강유나 역)

*「그 여름의 끝」(이성복 시집)

*「염주」(유응오 장편소설)

*「자유주의」(에드먼드 포셋 저, 신재성 역)

제3부

주경야독(晝耕夜讀)의 길

2023년
여름

6월

1일(목)

넷플릭스 영화 「제인 에어」와 「폭풍의 언덕」을 아내와 함께 감상하다. 브론테 자매 작가들의 불운과 투혼을 떠올리다.

3일(토)

동곡선영에서, 잔디 위로 솟은 잡초들을 뽑아내다. 아내와 함께 4시간 손 놀리다.

5일(월)

독락당 온실에 심어둔 강낭콩 중, 익은 꼬투리들을 우선 수확하다.

저녁에는 아내와 함께 영화 「피아니스트」를 감상하곤 감상평 '좋아요'를 누르다.

6일(화)

현충일이자 망종. 독락당에서 하루를 조용히 보내다.

다큐멘터리 영화 「영혼의 순례」(장 양 감독작)를 아내와 함께 보다.

7일(수)

독락당 텃밭에서 풋고추 네댓 개를 아내와 함께 따다. 슬슬 텃밭 수확의 재미가 시작되는 날이다.

8일(목)

독락당 텃밭에서 아내가 첫 오이를 따내다. 할배 한 입, 할매 한 입.

9일(금)

서예 작품 2점의 표구를, 원성동에 위치한 '세일 표구사'에 맡기다. 이번에는 액자가 아닌 족자 형태로 제작해 줄 것을 부탁하다.

아내와 함께 강낭콩을 수확한 후, 빈자리에 상추 모종을 심다.

기성 부자가 독락당을 방문하여 1박 하다.

10일(토)

아내가 독락당 텃밭에서 첫 호박을 따오다. 그걸로 끝난 게 아니라, 상냥한 처는 영감을 위해 애호박으로 전을 부쳐 공손하니 바쳐올리다. 어험!

11일(일)

아내를 앞세워 동곡으로 나가다. 선영 벌초를 하고, 마늘을 캐다. 4시간 만에 듬뿍하니 수확의 기쁨을 누리다. 작업 말미에 살짝 소나기가 지나가다.

저녁에는 매당과 부부 동반으로 만나, 탁주를 곁들여 만찬을 즐기다. 오래간만에 만남의 장소가 집 밖으로 정해지다. 북면 연춘리에 위치한 '안고시'식당.

14일(수)

'좋은 친구들'이 공주 '정안 글램핑'에서 회합하다. 오후 5시 햇살 아래 정원의 분위기가 싱그럽고 또 상큼하다. 나와 정 사범, 글램핑 경영자인 이종익 사장이 부인들을 대동하고, 박 원장이 홀몸으로 참석하다.

15일(목)

독락당 정원의 잔디를 깎다. 전기에 연결하여 잔디표면을 밀고 다
니면서 깎는 방식의 기계다. 바퀴가 4개 달리다. 기계 조종이 익숙지
않아, 모터의 구동을 자주 꺼트리고 또 방향 전환도 뜻대로 되지 않
다. 긴소매 옷에 밀짚모자, 선글라스까지 착용하였으나, 금세 땀으로
몸이 젖다. 중간중간 아내가 시원한 물을 내오다.

내 어린 시절, 집안 정원 잔디 깎는 사람들을 부러워했더랬다.
세월이 흘러, 이제는 이 몸이 몸소 정원 잔디를 깎으시다!

16일(금)

표구사에 맡겼던 서예 작품 2점의 족자 완성품을 찾아오다. 양
현석도 마음에 들어 하다. 현석이 누구냐고? 나의 친구이자 집사
람이지. 내 와이프라구. 웬 남자냐구 또다시 묻지 마시라요.

서예 작품 한 점은 삼십여 년 전 김유혁 교수님께서 나의 호를
'화정(和庭)'으로 지어주면서 내려주신 것이다.

和 氣 滿 堂 四 時 春
화 기 만 당 사 시 춘

庭 風 溫 ? 花 鳥 集
정 풍 온 호 화 조 집

(따스한 기운이 집안 가득하니 항시 봄이요
뜰 바람이 온후하니 꽃과 새가 모여드누나.)

독락당에서 안빈낙도를 흉내
내고 있는 요즘에 이르러서야, 선
생께서 친히 내려주신 나의 호가
걸맞게 되다.

다른 한 점은 손녀의 백일을 기
념하여 내가 몸소 글을 짓고, 매당
이 친구 손녀를 위해 특별히 글씨
를 쓴 것이다. 손녀의 이름은 지수
(志修). 내가 손수 짓다.

志 向 日 月 蓋 萬 邦
지 향 일 월 개 만 방

修 己 益 世 量 四 海
수 기 익 세 량 사 해

(해와 달을 향한 의지는 온 겨레를 덮고
몸을 닦아 세상 이롭게 함은 온 바다를 채우네.)

129

17일(토)

독락당 정원의 잔디 깎기 작업을 마무리하다. 김 교장이 도와줘서 예상보다 일찍 끝내다. 별서의 풍광이 한층 살아나다.

18:00 독락당 상량 1주년 기념 만찬을 주최하다. 내가 호스트요, 양현석이 호스티스. 야외에 테이블이 펼쳐지고 음식들이 날라지다. 매당 부부, 정 사범 부부, 김 교장 부부, 권커니 잣거니 하면서 덕담과 환담이 이어지다.

어둠이 내려앉고 정원에 야외등이 밝혀져, 초여름 저녁의 상큼함이 더욱 드러나다. 오후 늦게 인천공항을 통해 입국한 딸 효진이, 손녀 지안을 동반하여 독락당에 도착하여 환영받다. 큰 트렁크를 열고는 독락당 손님들에게도 선물을 안기다. 누구를 생각하고 사 온 선물인지는 모르겠으나, 오늘 독락당 상량 기념일 축하 손님들은 복이 많도다. 사위는 다른 볼일이 있어, 곧장 친가로 가다.

19일(월)

손녀가 감기 기운이 있어, 청당동 소재 '전학수 소아과의원'에 다녀오다. 딸은 양쪽 엄지발가락에 생긴 멍울을 치료하기 위해 쌍용동에 위치한 '본 정형외과의원'에 다녀오다. 샌들을 신는 과정에서 생긴 증상이란다.

20일(화)

포도나무 6주와 홍도 1주에 유기질 비료를 주다.

기성 가족 넷이 우중에 독락당에 도착하다. 22:50. 빗속을 잘도 헤치고 오긴 하였으되, 도착을 눈으로 확인할 때까지 줄곧 마음을 놓지 못하다. 손녀 지수가 할아버지 면전에서 자력으로 연거푸 엎치다. 첫 엎치기를 할배 앞에서!

21일(수)

일 년 중 낮이 가장 긴 날, 독락당 오찬을 갖다.

우리 부부에 아들 며느리와 딸 사위, 그리고 손주들인 기성, 지안, 지수. 요리한 음식들을 맛있게 먹으며, 웃고 또 떠들다. 하지 감자의 씨알이 한창 여물어갈 것이다. 3대가 모처럼 한자리에 모이다. 이 장면이 행복 아니면 세상 그 어디에서 또 행복을 찾으랴?

大 烹 豆 腐 瓜 薑 菜
대 팽 두 부 과 강 채

高 會 夫 妻 兒 女 孫
고 회 부 처 아 녀 손

추사 선생이 산전수전 인생의 쓴맛 단맛 다 겪고 난 말년에 쓴 고졸한 필세의 시구다. 좀 더 이른 나이에 깨달은 자의 여유와 풍류라니!

오후에 기성 가족 넷은, 바리바리 싸 들고는 강화도의 일상으로 복귀하다.

23일(금)

텃밭에서 자줏빛 가지를 따다. 올해 첫 수확.

24일(토)

사위인 임재찬 군이 인천공항을 통해 광저우로 출국, 업무에 복귀하다.

30일(금)

청당동 소재 '법무사 이기용사무소'를 방문하여 개업을 축하하다. 이 법무사는 내가 변호사 사무실을 운영하던 젊은 시절, 14년여 사무장으로 함께 일한 경력을 갖고 있다.

그의 장녀가 노무사로, 현재도 교육청에 근무하고 있기도 하다.

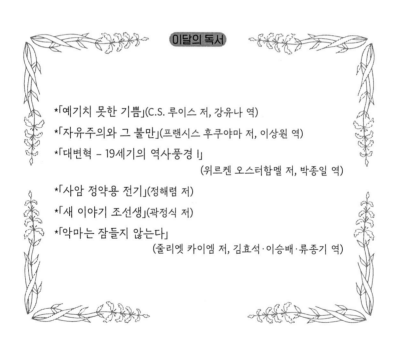

이달의 독서

*「예기치 못한 기쁨」(C.S. 루이스 저, 강유나 역)
*「자유주의와 그 불만」(프랜시스 후쿠야마 저, 이상원 역)
*「대변혁 – 19세기의 역사풍경 I」
(위르겐 오스터함멜 저, 박종일 역)
*「사암 정약용 전기」(정해렴 저)
*「새 이야기 조선생」(곽정식 저)
*「악마는 잠들지 않는다」
(줄리엣 카이엠 저, 김효석·이승배·류종기 역)

7월

1일(토)

서동희 사장이 독락당 지붕 누수 하자를 보수하다. 본격적으로 장마철로 접어드는지라, 서둘러 손보아줄 것을 제촉한 견과 이루어지다.

3일(월)

아내와 딸, 그리고 손녀를 차에 태우고, 손수 운전하여 호서기행에 나서다. 당진시 순성면에 위치한 '아미여울'에서 중식을 하다. 채식 위주로 정갈하게 차려내다. 손님들로 테이블이 빼곡하다. 통창 너머 아미산이 빤히 내다보이다. 식사 후 '아미미술관'을 탐방하다. 유료 입장이다. 미술관 초입부터 수국의 세상이다. 박기호 화가가 상주하면서 그림도 그리고, 미술관도 운영한단다. 수국을 가꾼 화가의 정성과 열정에 경의를 표하다. 이 자리는 원래 초등학교인

데, 아쉽게도 현재는 폐교된 상태다. 도시 집중에 따른 농촌의 황폐화, 저출산에 기인한 어쩔 수 없는 현실이다. 건물 안에 전시된 작품은 물론 야외 전시 작품들까지 일일이 눈에 넣다.

한낮의 땡볕에도 아랑곳하지 않고, 손녀가 잔디밭과 오솔길을 누비며 신이 나다. 우성면으로 이동하여 '솔뫼성지'를 순례하다. 김대건 신부의 탄생지. 기념 성당이 곁에 있지 않았더라면, 유적지가 좀 썰렁할 뻔하다.

4일(화)

딸의 발가락 치료가 종결되다. 이 지경이 될 때까지 그냥 놔뒀느냐는 의사 선생님의 질책. 딸이 아비를 닮아, 인내심이 강해요. 중국에서도 병원에 몇 번 갔었으나, 그때마다 달랑 약만 처방해 주었다지. 기실 이번에 귀국한 목적들 중 앞서는 것이 발가락 치료다. 간단하다고 하긴 하나, 여하튼 마취 후 수술도 거치다. 이렇게 권희 원장의 신세를 또 지다. 급한 치료를 마쳤으니, 이제는 딸이 시댁에도 갈 수 있게 되다.

독락당 텃밭에서 잘 익은 참외를 5개나 따다.

지안은 출국 전까지 짧은 기간이나마 어린이집에 다니기로 하여, 청수동 아파트 내 어린이집으로 첫 등원하다.

7일(금)

지안 모녀 조치원 시댁에 가다.

8일(토)

동곡선영 잔디 위 잡초 제거하다. 고추밭 지지대 세우고 줄 매 주는 작업은 아내와 협업하다. 4시간 땀 흘리다. 아로니아 익은 열매를 따다.

배롱나무 꽃망울이 벙글고, 벌개미취들도 꽃몽우리를 내밀며 개화를 준비하다.

9일(일)

독락당 텃밭에서 단호박 2개 따다.

지안 모녀, 시댁에서 독락당으로 돌아오다. 며칠 만의 상봉이지만, 모두 반갑다.

13일(목)

저녁에 박 원장과 정 사범, 박철수 선생과 두정동 '꼬기집'에서 함께 만나 한잔하면서 담소를 나누다.

19일(수)

독락당 정원의 잔디를 깎다. 아내도 팔을 걷어붙이고 작업에 동참하다. 땀도 나고 힘은 들지만, 시방 정원의 잔디 깎는 여유로움과 행복을 우리 부부가 누리고 있다, 이곳 독락당에서. 얘들아! 목천에는 독립기념관과 독락당이 있단다.

21일(금)

저녁, 유량동에 위치한 '향촌흑염소가든'으로 가서 '수요회' 모임에 참석하다. 아내는 딸, 손녀와 함께 있겠다고 하여, 정말 모처럼만에 홀몸으로 모임에 가다. 흔한 경우가 아니다. 중복 날임을 감안하여 음식점을 선택한 것으로 보이다. 아내를 뺀 나머지 회원 전원 참석. 수육과 무침에 더하여 탕까지 테이블 위에 올려지다. 참석회원 모두 기대 이상의 대접을 받다.

요즘엔 애견인들이 많아지고 입김 또한 세어져, 보신탕을 대놓고 먹지도, 맘대로 먹지도 못한다. 대통령 부부들도 내리 개를 키우는데, 정말 개를 좋아해서인지, 아니면 반려견 키우는 사람들의 표를 얻기 위한 수단인지 헷갈린다. 아마 둘 다인 것 같다. 부인이 개를 키우겠다고 고집하는 경우 이를 거부할 남편 없을 것이다, 천하의 막강한 대통령일지라도.

이런 추세 때문에 요즘엔 개 대신 염소, 그중에서도 흑염소들이 수난을 겪고 있다. 개에게도 불성(佛性)이 있는가? 라는 화두를 내려놓고, 대신 개의 목숨은 귀하고 흑염소의 그것은 가벼운 것인가를 목전에 두다.

24일(월)

정원 한켠 파빌리온 위로 뻗어나간 포도 넝쿨에 매달린 포도송이들이, 하나둘 익어가다. 캠벨이다. 익은 것들을 골라, 하나하나 낱개로 따다. 출국 전 손녀에게 먹이기 위한 서두름에서 취해진 방편이다.

25일(화)

딸과 손녀를 승용차에 태우고 캐리어를 트렁크에 싣고는, 운전하여 아내와 함께 서울 상도동 아파트로 올라가다. 딸과 손녀가 내일 아침 일찍 출국하기 때문이다. 함께 상도동의 밤공기를 호흡하다.

26일(수)

이른 아침 인천공항으로 출발. 공항에서 아내와 둘이서 딸과 손녀를 송별하다. 손녀는 할머니도 함께 자기 집에 가자고 하다. 할머니와 손녀의 포옹, 바이, 바이!

딸과 손녀, 광저우 아파트로 무사히 돌아가 남편과 아빠를 만나다.

28일(금)

동곡선영에 약간의 훼손이 있음을 현장에서 발견하다. 봉분에서 활개로 이어지는 좌측 부분을 파헤친 흔적과 잔디 위로 드러난 흙더미가 확인되다. 훼손 형태와 크기 등 하나하나 세심히 살펴보니, 사람의 소행이라기보다는 야생 동물이 건드렸을 확률이 월등히 높아 보이다. 주변에서 파 온 흙으로 구멍을 메우고, 드러난 잔디를 가지런히 정리하여 긴급 복구하다. 더 이상 거론하지 않기로 하다. 잡초 제거하고, 처음으로 붉은 고추를 따다. 아내와 2시간 함께하다.

30일(일)

넷플릭스 영화 「운명의 딸들」(인도 다큐 4부작, Benesa Roth 감독작)을 감상하다. 아내의 영화 선별을, 내가 찍소리도 없이 따르다.

31일(월)

잘 익은 캠벨 포도를 한 소쿠리 따다. 포도 색깔이 다르긴 하지만, 소쿠리에 가득 담긴 포도를 안은 채 육사의 시를 읊다. 중간에 버벅거리다. 아내를 불러내지 않아 다행이지, 괜시리 체면을 구길 뻔하다. 자세를 바꾸지 않은 채로, 하늘을 쳐다보며 씨익 웃다. 흰 구름 무심하니 흘러가다.

獨樂堂

 이달의 독서

*「윈스턴 처칠, 운명과 함께 걷다」(박지향 저)

*「시어도어 루즈벨트
 − 가장 사나이다운 대통령의 빛나는 리더십 −」(강성학 저)

*「유럽인의 역사 2」(송규범 저)

*「대변혁 − 19세기의 역사풍경 II」

(위르겐 오스터함멜 저, 박종일 역)

8월

1일(화)

아내와 함께 넷플릭스 영화 「토스카나」와 「아름다운 인생」을 연속으로 감상하다.

2일(수)

독락당 파빌리온 아래에서, 송이를 가위로 잘라 캠벨 포도를 수확하다.

3일(목)

어둠이 내린 독락당에서, 아내와 함께 영화 「흐르는 강물처럼」(로버트 레드포드 감독작)을 감상하다.

4일(금)

영화 「미켈란젤로」와 「브리짓 존스의 일기」를 감상하다. "우리 요즘 영화 너무 자주 보는 거 아냐?" 여름에는 영화, 겨울엔 독서. 그래! 여름엔 영화, 가을부터는 독서.

5일(토)

매당과 청당 송준범 형과 부부 동반하여, 광덕에 있는 '하원정' 식당에서 만나 만찬 하다. 송 형과는 오래간만의 만남이다. 이쪽이나 저편이나, 다들 여름휴가를 떠나지 못하기는 마찬가지이다.

6일(일)

영화 「서부전선 이상 없다」와 「차털레이 부인의 연인」을 감상하다. 후반부에 옆자리에 앉아 시청하는 여자의 숨소리가 거칠어지는 바람에, 나의 맥박과 호흡도 덩달아 고삐가 풀려 신사의 품위를 잃다.

7일(월)

동곡에서 아내와 함께 고추 따고, 밭에 난 풀을 뽑다. 그러고 보니, 오늘은 오래간만에 순전히 농사일만 하다. 3시간 일하다. 벌개미취와 배롱나무꽃이 만개다.

8일(화)

입추 맞이 기념으로, 아내와 함께 영화 「맘마미아」를 시청하다.

9일(수)

독락당 정원에서 샤인 머스캣 포도를 수확하다. 3그루 중 한 그루에서 4송이. 다른 그루에서는 달랑 한 송이, 나머지 한그루는 불임 상태로도 줄곧 뻔뻔하다.

10일(목)

절기상 말복이다. 6호 태풍 '카눈'이 관통하다. 비바람 몰아치다.

14일(월)

오전, 아내가 '서울W내과'에서 치료받다.

공경덕 선생이 '순천향 천안병원'에서 심장 치료를 받고 퇴원했다는 사실을 뒤늦게 알고, 오후에 아내와 함께 댁을 방문하다. 사모님께서 반갑게 맞이하다.

15일(화)

광복절이다. 독립기념관 상공에서 펼쳐지는 블랙이글스 에어쇼를, 아내와 단둘이서 독락당에서 올려다보다. 8대 전투기의 위용과 아슬아슬한 곡예비행에 박수를 보내다.

16일(수)

수확이 끝난 독락당 텃밭의 작물을 뽑고 지지대를 제거한 후, 주변 정리를 하다. 아내와 3시간 함께 일하다.

17일(목)

독락당 퇴비장에서 퇴비를 반출하여, 텃밭에 골고루 산포하다.

내가 삽과 삼태기를 들고, 아내는 쇠스랑을 들다. 봄부터 모아진 퇴비가 잘 썩다. 오늘도 3시간, 가뿐하니 일하다.

18일(금)

'수요회' 모임이, 서산시 부석면 소재 '서해미술관'에서 열리고 있는 김재선 교수 개인전 관람으로 행해지다. 천안박물관에서 만나 차량 2대에 분승하여 이동, 아내와 함께하다. 총 11인 참가. 현장에서 아내와 상의하여 작품 1점을 구매하다. 정작 화가 본인보다 사모님이 더 좋아하다. 예상하지 못했음이런가? 귀로에 홍성 읍내로 들어가, '용궁회관'에서 삼계탕으로 만찬을 나누다.

19일(토)

독락당 텃밭 김장 무·배추 식재 예정지에, 두둑을 만들고 비닐을 씌우다. 이어서 정원 잔디 깎기 작업에 돌입하다. 아내와 함께, 4시간 기분 좋게 일하다. 작업 중간에 박 원장과 정 사범이 예고도 없이 불쑥 찾아오다. 셋이서 신계리 소재 '삼성식당'으로 옮겨가, 시원하니 물냉면을 먹다.

며느리가, 기성과 지수를 차에 태우고 동평리를 찾아오다. 아들은 근무 때문에 못 왔다고 하다. 어린 녀석을 둘씩이나 태우고 장거리 운전을 하다니, 당돌하고 또 대범하기 짝이 없다. 독락당에서 1박 후, 청수동 아파트를 거쳐 강화도로 돌아가다.

21일(월)

독락당 정원의 잔디 깎기를 마무리하다. 아내도 남편 못지않게 일하다. 텃밭에 김장 무를 파종하다. 2시간 작업. 이쪽이나 저쪽이나 기대가 크다.

22일(화)

아내와 함께 승용차편으로 상도동을 당일로 다녀오다.

EIDF(EBS 국제 다큐멘터리 페스티벌) 「Ashio」를, TV를 통해 시청하다.

23일(수)

절기상 처서다. 어제에 이어, 아내와 함께 「The Cathedral」과 「Doll's Don't Die」를 연속으로 시청하다.

25일(금)

아내와 함께, 지난번 못다 한 독락당 텃밭에 퇴비 넣고 두둑 만드는 작업을 이어서 하다. 쑥갓과 근대도 파종하다. 2시간 일하다.

저녁에 EIDF 「Children In The Mist」(베트남 몽족 소녀 이야기)를 아내와 함께 시청하다.

26일(토)

동곡선영 벌초하다. 나와 동생 둘에 아들과 큰 조카 등 다섯이, 7시간 만에 끝내다. 독락당으로 이동하여 만찬을 갖다. 제수씨가

작은 조카와 예비 며느리를 데리고 와 합류하여 인사시키다. 모친도 자리를 함께하다. 무쇠솥에 토종닭을 삶고 백숙을 만들어 식탁에 올리다. 아내의 토종닭 요리 실력이 본 궤도에 오르다. 술잔이 연거푸 오가고, 맛있는 식사와

담소가 이어지다. 오늘따라 독락당의 노을빛이 아름답다. 어둠 속에 반달이 금빛으로 빛나다.

27일(일)

아내와 함께, 일구어놓은 독락당 텃밭에 김장 배추 모종 64포기를 심다. 대파 모종도 함께 심다.

28일(월)

목천읍 신계리에 위치한 '삼성메밀막국수'에서, '달따는 모임' 멤버들이 회합하여 만찬을 즐기다. 나와 매당과 청당, 그리고 경재 형. 넷이 모두 부부 동반이니, 인원이 배로 늘다. 샤브샤브 요리에 막국수. 남자들 사이에선 폭탄주가 몇 순배 돌다. 다만 능력껏 마시기인지라, 한 잔도 안 받은 친구가 있기는 하다. 교유한 지 20년이 넘다. 한창때는 매달 보름 배낭을 메고 야간산행을 즐겼더랬다. 그래서 지어진 모임 이름 '달따는 모임'. 약칭하여 '달따모'. 경재 형이 선수를 쳐, 음식값을 계산하다. 게다가 직접 수확했다는 아로니아를 한 봉지씩 선물하다. 식당 밖으로 나오니, 음력 열사흘 달이 창공에서 빛나고 있다.

29일(화)

　김 교장 부부를 목천읍사무소 앞 '목천생고기'로 초대하여, 넷이
서 오붓하니 오찬을 즐기다. 맥주잔을 부딪쳐 건배로써 아내의 예
순네 번째 생일을 축하하다.

　　　　　　　　　　　　　　　　　　　　　　　　獨樂堂

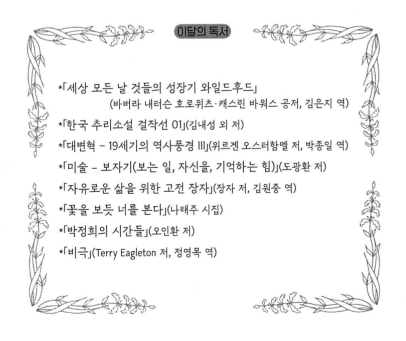

이달의 독서

*「세상 모든 날 것들의 성장기 와일드후드」
　　　(바버라 내터슨 호로위츠·캐스린 바워스 공저, 김은지 역)
*「한국 추리소설 걸작선 01」(김내성 외 저)
*「대변혁 – 19세기의 역사풍경 Ⅲ」(위르겐 오스터함멜 저, 박종일 역)
*「미술 – 보자기(보는 일, 자신을, 기억하는 힘)」(도광환 저)
*「자유로운 삶을 위한 고전 장자」(장자 저, 김원중 역)
*「꽃을 보듯 너를 본다」(나태주 시집)
*「박정희의 시간들」(오인환 저)
*「비극」(Terry Eagleton 저, 정영목 역)

2023년
가을

9월

1일(금)

타고 다니는 그랜저 차량의 앞바퀴 타이어 2개를, 차암동에 위치한 한국타이어 대리점에서 교체하다. 수요회 이규연 총무 경영 업체다. 주행거리 55,140km.

2일(토)

기성 가족 넷이 독락당을 방문, 1박 하다.

3일(일)

오후 1시 'CA웨딩'에서 있은 조카 창연 결혼식에, 아내와 아들, 며느리, 손자 기성, 손녀 지수와 함께 참석, 축하하다.

9일(토)

아내와 함께 동곡에서 붉은 고추와 동부콩을 따고, 밭의 풀을 뽑다. 3시간 땀 흘리다. 귀로에 김재선 교수의 수신 농장에 들러 햇밤을 줍다.

12일(화)

아내를 대동하고 7박 9일 일정으로 포르투갈 기행에 나서다. '터키항공'을 이용, 이스탄불을 경유하여 리스본으로 들어가다.

20일(수)

포르투에서 이스탄불에서의 환승을 거쳐 인천공항으로 귀국하는 일정이, 이스탄불에서의 항공기 5시간 지연 출발로 인해 차질을 빚다. 이에 따라 18:00 인천공항 도착이 23:00로 밀리다.

21일(목)

'터키항공'의 운항 지연으로 인해 귀향하는 공항버스 편이 끊기는 바람에, 공항 내에서 밤을 새우고 07:40 출발하는 버스에 아내와 함께 탑승하여 천안에 도착, 청수동 아파트에 복귀하다.

23일(토)

절기상 추분. 아내와 함께 동곡선영 참배하다. 붉은 고추와 동부콩을 따고, 도라지도 캐다.

독락당으로 돌아와 정원의 잔디를 깎다.

27일(수)

빨강 아우디 모형 자동차를 독락당 정원 파빌리온 지붕 위에 얹다.

새로 산 국화 화분 2개를 독락당 정원에 배열하다. 능소화 묘목 4주와 담쟁이덩굴 8주를, 독락당 건물 남쪽과 북쪽 벽면을 따라 각 식재하다.

29일(금)

청수동 아파트에서 추석 차례를 지내다.

이달의 독서

*「충(蟲)선생」(곽정식 저)

*「여왕이 사랑한 사람들 - 누가 빅토리아 시대를 만들었나 -」
                                            (리턴 스트레이처 저, 김윤경 역)

*「현대 중국의 탄생 - 청제국에서 시진핑까지 -」
                                            (클라우스 뮐한 저, 윤형진 역)

*「인생 정원 - 산·들·나무·꽃, 위인들이 찾은 지혜의 공간 -」
                                            (성종상 저)

*「경제적 불평등 개론」(에이먼 버틀러 저, 황수연 역)

10월

1일(일)

상추 모종 16포기를 스티로폼 박스에 심어 독락당 온실에 매달다.

5일(목)

'삼우조경' 박한상 사장에게 의뢰하여 성남면 한티에 위치한 9·
10·11대조 묘소의 벌초를 대행케 하다.

6일(금)

아내와 함께 병천 오일장을 찾아, 능이와 싸리버섯을 사다. 능이
가 꽤 비싸다.

7일(토)

아내와 함께 동곡선영을 벌초하다. 5시간 소요되다.

17일(화)

독락당 거실 전면 유리창을, 밖에서 들이받아 절명한 새를 양지에 묻어주다. 아침에 아내와 함께 독락당에 도착하여 잔디밭에 떨어져 있는 새를 발견하다. 충격 당시의 흔적을 유리면에 남기다.

21일(토)

청수동 아파트 거실에서, 첫눈 내린 광덕산과 망경산의 흰 능선을 바라보다.

손자 기성 가족 넷이 독락당에 오다. 1박 후 강화도 복귀.

23일(월)

김 교장과 부부 동반하여 강원도 기행에 나서다. 09:20 청수동 아파트 출발, 주문진 어시장에서 늦은 점심을 먹고, 수산물 쇼핑도 하다. 양양의 풍광 좋은 해변에서 가을 바다를 감상한 후, 양양·서울 간 고속도로를 이용해 홍천군 서석면에 위치한 처제의 전원주택에 도착하다. 동서를 포함하여 여섯 명이 만찬과 여흥을 즐기고 난 후 숙박하다.

24일(화)

　여섯이 공작산 트레킹하다. 수타사와 계곡 잔도를 거쳐 매점까지 갔다가 되돌아오는 데 2시간 걸리다. 서석 오일장도 보다. 전원주택으로 돌아와 늦은 점심을 들다. 남자들끼리 부근의 척야산을 오르다. 정상에서 지켜본 일몰이 일출 장면 못지않게 장관이다. 숙소로 돌아와, 그사이 준비된 만찬을 즐기다. 지붕 위로 추월(秋月)이 빛나다. 자리에 누우니, 적막 속에 용호강을 흐르는 물소리가 귀를 간지럽히다.

25일(수)

기상하여 강변으로 나가 산책하다. 아늑한 산골 풍광에 가을 냄새가 물씬 배어 있다. 여유롭게 아침 식사를 한 후, 귀향길에 오르다.

13:30 독락당 도착.

20:40 아내를 차에 태우고 동평리를 출발, 상도동으로 올라가다.

26일(목)

오전 10시. '고려화재손해사정'의 직원인 류재창 군이 상도동 아파트(13층으로 맨 위층임)에 도착, 천정 누수와 관련하여 현장 확인 및 실사 작업을 하다. 젊은 친구가 예의도 바르고 친절하다.

13:40 독락당으로 복귀하다.

17:00 청당동에 위치한 '유가네 장어'에서 '좋은 친구들' 4인이 회합하여 담소하며 만찬을 즐기다.

28일(토)

동곡선영의 환경 정비 작업을 하다. 아내의 성화에 살구와 매실나무 각 1주씩을 벌목하다. 아내가 내세우는 이유인즉슨 살구는 열매를 잘 맺지 못하고, 매실은 잔디에 그늘을 드리운다는 것. 그간 키운 노력이 아깝긴 하지만 아내의 논리도 나름 타당하므로, 얼굴에 피가 쏠릴 정도로 톱질하여 쓰러뜨리다. 나머지 매실나무들을 전지하고, 감을 수확하다. 모두 30개를 따다. 6시간 일하고는, 감을 배낭에 담아 등에 지고 산을 내려오다.

밤에 넷플릭스 영화 「잊혀진 사랑」(폴란드)을 아내와 함께 감상하다. 모처럼 독락당에서 자다. 독락당 지붕 위에서 열나흗날 만월의 월광이 소나타를 탄주하다.

30일(월)

독락당 데크에 페인트를 새로 칠하다. 시골 주택의 보수와 관리는 웬만한 것은 스스로 감당할 줄 알아야 하는데, 아직은 모든 것이 서툴다. 이번에도 손재주 좋은 김 교장의 도움을 받다.

오찬 후 나와 김 교장 부부가 독립기념관 단풍나무 숲길 산책에 나서다. 단풍의 곱기가 작년만 못하다. 이를 탓할 나이는 지나가다.

저녁에 아내와 함께 상도동으로 올라가, 아파트에서 숙박하다.

31일(화)

상도동 아파트의 전기 배선 단자와 출입문 번호 키를 교체하다. 천정 보수업체 관계자가 아파트를 방문, 현장 확인 및 견적서 산출을 위한 분석 작업을 하다.

기성 가족 넷이 상도동 아파트를 방문하여, 함께 치킨을 시켜 저녁 식사를 대신하다. 담소를 나누고는, 강화도와 천안으로 각각 방향을 정해 차를 출발시키다.

獨樂堂

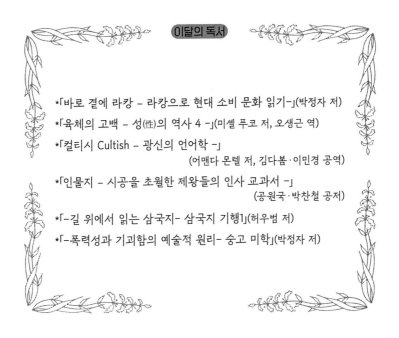

이달의 독서

*「바로 곁에 라캉 – 라캉으로 현대 소비 문화 읽기–」(박정자 저)
*「육체의 고백 – 성(性)의 역사 4 –」(미셸 푸코 저, 오생근 역)
*「컬티시 Cultish – 광신의 언어학 –」
　　　　　　　　(어맨다 몬텔 저, 김다봄·이민경 공역)
*「인물지 – 시공을 초월한 제왕들의 인사 교과서 –」
　　　　　　　　(공원국·박찬철 공저)
*「–길 위에서 읽는 삼국지– 삼국지 기행1」(허우범 저)
*「–폭력성과 기괴함의 예술적 원리– 숭고 미학」(박정자 저)

11월

2일(목)

‘터키항공’으로부터 딜레이 보상금을 수령하다. 9월 말경 서울에 소재한 ㈜에어보상을 거쳐 영국 런던에 사무소를 둔 항공 딜레이 전문 변호사에게 위임하여 ‘터키항공’을 상대하게 하다. 사무소를 정리한 입장이긴 하나 변호사가 변호사를 선임하는 경험을 하니, 기분이 묘함을 피부로 느끼다.

아내와 나란히 절차를 밟았는데 나의 건이 먼저 해결된 것으로 보아, 항공사 측에서 여객 운송 지연에 따른 변호사 승객의 손실 발생을 곧바로 인정하였음을 유추할 수 있다.

선임비는 실수령액의 30%. 선임비를 공제한 후 45만 원 정도를 수령하다. 중요한 점은 금액의 문제가 아니라, 내 권리는 내 스스로 찾고 지켜야 한다는 것이다. 항공사 측이 이스탄불 공항에서 도시락과 약간의 선물을 제공하기는 하다.

아들 서연이 서울 양천동에 위치한 교육기관에서 사회복지사 실습 과정 이수를 시작하다. 11월 29일까지 도합 160시간이 예정되다.

4일(토)

아내와 함께 동곡선영 정비 작업을 하다. 한 해 농사가 마무리되니, 손보아야 할 것들이 많다. 6시간 땀 흘리다. 도라지도 캐다. 노랗게 핀 소국이 군락을 이뤄 만개하다. 햇살이 내리비치니, 선영의 분위기가 아늑하니 보기가 좋다.

5일(일)

아내를 동반하여 진천 오일장을 찾다. 겨우내 두고 먹을 요량으로 대봉감 4박스를 사다.

8일(수)

김 교장 부부가 독락당을 방문하다. 아내까지 합세하여 북면 연춘리에 있는 '유가네 매운탕'을 찾아가, 메기매운탕으로 오찬을 들다.

9일(목)

독락당 텃밭에서 김장 무와 파를 수확하다. 아내가 분주히 손을 놀려 무김치와 파김치를 담다. 그사이 나는 무잎을 삶기 위해 가마솥 아궁이에 장작불을 지피다.

10일(금)

오전에 신부동에 위치한 김재선 교수의 화실을 방문하다. 아내와 함께 독락당 텃밭에서 김장 배추와 갓을 수확하다. 다듬은 배춧잎을 가마솥에 삶고, 배추를 물에 씻어 소금에 절이다.

11일(토)

김 교장이 자신이 농사지은 무와 배추, 쪽파와 갓을 듬뿍 선물하다. 아내와 동면 장송리 김 교장 밭으로 차를 몰고 찾아가 받아오다.

독락당으로 돌아와 김장을 담그고, 시래기용 무청을 가마솥에 삶아내다.

12일(일)

밤늦게 아내와 동행하여, 상도동 아파트에 가서 숙박하다.

13일(월)

상도동 아파트 침실 둘의 천정을 철거·교체시공·도배하는 등의 공사를 시작하다. 시공업체는 봉천동에 위치한 '아다미인테리어'. 사장 부부와 아들 둘이 작업하러 오다. 15일까지 3일간 공사할 예정. 믿고 맡기기로 하여, 아예 아파트 키를 내주고는 아내와 함께 독락당으로 복귀하다.

15일(수)

독락당 온실에 상추와 시금치 씨를 뿌리다.

오후에 아내와 함께 상도동으로 올라가다. 퇴근 시간 무렵 아파트 도착.

교체·보수 공사가 완료되다. 아내와 아들과 함께 치킨파티를 열다.

16일(목)

김 교장네와 강원도 기행에 나서다. 김 교장 부부가 상도동 아파트에서 합류하여 서울을 출발, 서울, 양양 간 고속도로를 타다. 주문진 '현아네 식당'에서 늦은 오찬을 하다. 복요리를 즐기다. 주인 자매의 고향이 청주란다. 지난번 왔을 때 병천 순대가 먹고 싶다고 하여, 김 교장이 천안 출발 전 아침 일찍 병천에 들러 사 가지고 온 순대를 전해 주니, 자매가 감동하다. 게다가 포장된 호두과자 2세트와 내가 쓴 시집까지 얹어주니, 나란히 선 채 감격한 표정을 짓다. 우리 두 남자, 알고 보면 괜찮은 영감들이야!

이번에도 홍천 용호리로, 동서 부부를 찾아가다. 부부는 우리 일행 도착시간에 맞춰 서울에서 내려오다. 깊어가는 가을밤을, 음주 가무의 여흥으로 채우고는 취침하다.

17일(금)

서울로 복귀하여 상도동 '사리원' 식당에서 만두전골로 오찬을 하고는, 각자 차를 타고 출발하다. 아내와 함께 청수동 아파트로 돌아오다.

18:00 '교동면옥 쌍용점'에서 있은 '수요회' 모임에 아내와 나란히 참석하다. 회합을 마치고 식당을 나오니, 첫눈이 내리고 있다. 눈 예쁘게 내리다. 주차장을 빠져나가는 차량의 뒤편으로 바퀴 자국이 묻어나다.

18일(토)

독락당에 크리스마스트리를 설치하고 점등히다. 좀 이른 감이 없지 않지만, 남의 이목에 신경 쓸 군번이 아니다. 트리도 점등했겠다, 내친김에 아내와 함께 넷플릭스 영화 「두 교황」을 감상하다.

19일(일)

아내와 함께 동곡선영으로 이동하여, 배롱나무 7주에 일일이 월동 보온재를 싸주다. 소나무 전지작업도 하고, 주변 환경 정비 작업도 하다. 5시간 일하다. 찬 서리 속에서도, 노란 소국이 꿋꿋하게 버티며 군락을 이루고 있다.

20일(월)

독락당 정원에 심어진 포도나무 6주의 주변 흙을 파고 퇴비를 넣다. 잔디밭의 패인 부분에도 일일이 흙을 뿌려 채워주다. 누리려면 유지·관리에도 최선을 다해야 하는 법이다. 아내와 함께 4시간 수고하다.

21일(화)

독락당 정원의 화분과 화단을 정리하다. 배추를 뽑아낸 텃밭 자리에 새로이 퇴비장을 조성하다. 3시간이 소요되다. 내가 만든 퇴비장이 사각형 형태로 반듯하고 예쁘다고, 아내가 칭찬하다. 이 나이에 칭찬을 받다니, 머쓱하니 손으로 뒷머리를 긁다.

'고려화재손해사정' 측으로부터 상도동 아파트 누수 관련 보증보험금 지급 결정을 통보받다.

18:30 쌍용동 '민호네'에서 있은 천고 21회 동기 모임에 모처럼 얼굴을 내밀다.

22일(수)

독락당 거실의 누수로 인해 얼룩진 벽지를 새로이 도배하다. 김 교장 부부의 숙달된 솜씨가 빛나다. 감사의 표시로, 넷이 연춘리 '유가네 매운탕'으로 이동하여 메기매운탕을 사다. 맛있고 즐거운 오찬.

24일(금)

까치복이 담긴 스티로폼 상자가, 택배로 독락당에 도착하다. 주 문진 '현아네 식당' 사장이 나와 김 교장에게 주는 선물이다.

25일(토)

독락당 추수 감사제를 열다. 김 교장 부부와 정수용 사범, 박철수 학형이 초대되다. 과천과학관장을 끝으로 과기부를 퇴직한 장기열 국장이 뒤늦게 합류, 부인과 함께 계룡시에서 달려오다. 독락당 이웃들에 시루떡을 돌리다. 주문진에서 보내준 까치복이 요리되고, 두세 가지 요리가 더해져 테이블에 오르다. 오찬을 거쳐 만찬까지 이어지다. 독락당의 품격이 훼손되지 않는 범위 내에서의

음주가무도 등장하다.

작별의 시간, 추월은 중천에서 빛을 쏘아 늙수그레한 남자들의
음주 정도를 일일이 재고 있더라.

26일(일)

독락당 정원에 양버들 1주를 심다.

동평2리를 거쳐 3리까지 마을 안길을 산책하다.

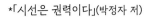

이달의 독서

*「시선은 권력이다」(박정자 저)

*「마네 그림에서 찾은 13개 퍼즐조각
  – 푸코, 바타이유, 프리드의 마네론 읽기 –」(박정자 저)

*「아비투스, 아우라가 뭐지?」(박정자·최현 대담집)

*「잉여의 미학 – 사르트르와 플로베르의 미학 이중주 –」
  (박정자 저)

*「천년의 기억 우리들의 경주」(서명수 저)

*「팔레스타인 100년 전쟁 – 정착민 식민주의와 저항의 역사
  1917~2017 –」(라시드 할리디 저, 유강은 역)

*「국정 리더의 길 – 대통령과의 만남과 지도자의 자세 –」
  (오연천 저)

*「당신이 모르는 민주주의 – 자본주의와 자유주의의 불편한
  공조 –」(마이클 샌델 저, 이경식 역)

*「박정희의 시간들 – 박정희 리더십 심층 분석 – 」(오인환 저)

*「대법원 합의체의 거의 모든 것 1 – 갈등이 설득으로 바뀌는
  순간– 」(이범준, 권순일 저)

제4부

안빈낙도(安貧樂道)의 길

2023 · 24년
겨울

2023년 12월

1일(금)

김 교장 부부 독락당 찾아오다. 아내가 부부를 위해 오찬을 차려내다.

2일(토)

아내를 동반하여 매당의 집을 방문하다. 두 부부가 느긋하니 만찬을 즐기다.

3일(일)

아내와 함께 독립기념관 단풍나무 숲길을 따라 산책하다. 1시간 40분 소요유(逍遙遊)하다. 바람개비 2개를 해외직구 형식으로 주문하다.

8일(금)

오후 6시, '좋은 친구들' 다섯 명이 원성동에 있는 '대도 일식'에서 송년 모임을 갖다.

9일(토)

주문한 바람개비 2개가 도착하여 독락당 뜰에 설치하다.

10일(일)

독락당에서 아내와 함께 넷플릭스 영화 「Falling Snow」를 감상하다. 눈 내리는 장면으로 시작하여, 눈 오는 화면으로 끝나다.

11일(월)

저녁 6시 반, 중국 식당인 유량동 소재 '백향'에서 두정동 구터 죽마고우들 송년 모임을 갖다. 6명이 회합하여 화기애애한 분위기 속에서 식사와 담소를 즐기다.

12일(화)

아내와 함께 독립기념관 단풍나무 숲길을 산책하다. 단풍잎은

다 떨어졌지만, 둘이서 다정히 걷는 것 자체만으로도 좋다.

15일(금)

오전에 구성동에 위치한 '원종배 미용원'에서 아내와 나, 머리를 깎고 다듬은 후 세종시로 이동, '금강장어'에서 오찬 형식으로 '수요회' 송년 모임을 갖다. 비가 오락가락하다. 식사를 끝내고는 다 함께 '세종수목원'으로 이동하여, 온실에 식재된 희귀한 꽃과 나무들을 둘러보다.

17일(일)

중국 광저우에 살고 있는 딸·사위·손녀를 보기 위해, 아내와 함께 출국하다. 인천발 광저우행 '아시아나 항공'. 비자 없이 가다 보니, 출국과 입국 절차 모두가 까다롭고 또 복잡하다. 우여곡절 끝에, 입국심사대를 통과하여 사위

와 상봉. 택시편으로 아파트에 도착하니, 손녀 지안이 할머니 품에 꼬옥 안기다. 손녀는 그날부터 연 6일 동안 할머니와 함께 자다.

23일(토)

나와 아내, 지안 가족 셋 모두가 배편으로 광저우에서 홍콩으로 이동하다. '하버 그랜드 호텔' 1916, 1918호실 투숙. 호텔 객실에서 항구 주변 홍콩의 야경을 내려나보며 맥주 파티를 하다. 흥에 겨운 나머지, 4명의 관객 앞에서 옛노래 '엽전 열닷냥'을 2절까지 부르다.

집 밖이라 낯설어서 그런지, 손녀가 오늘 밤은 엄마 아빠와 함께 자겠다며 우리 부부의 객실을 나서다.

24일(일)

홍콩 공항에서 인천으로 향하는 '아시아나 항공' 편으로 귀국하다. 아내는 내 옆자리 좌석을 차지하다.

25일(월)

성탄절이자 우리 부부의 40주년 결혼기념일이다. 둘이서, 독락당에서 오붓하니 낮 시간을 보내다.

저녁에는 함께 넷플릭스 영화 「마에스트로 번스타인」을 감상하다.

27일(수)

사위인 임재찬 군이, 개인적인 일을 보기 위해 휴가를 내어 일시 귀국하다.

28일(목)

'좋은 친구들' 셋을, 연춘리에 위치한 '유가네 매운탕'으로 초대하여 메기매운탕을 사다. 중국 다녀온 결과를 보고(?)하다.

31일(일)

재찬군이 독락당으로, 장인·장모를 방문하다.

"존경하는 벗 이주 선생!

먼 거리도 아닌데 마음만 있었을 뿐, 얼굴 한 번 못 보고 또 한 해가 저물어 가는구려. 모친과 형님을 수발하느라

얼마나 수고가 많으셨는지? 친구의 노고에 위로와 격려의 말씀을 올리는 바이오.

나 또한 일 년 내내 독락당에 칩거한 처지이긴 하지만...
꼼짝없이 늙어가는 신세에도 좀 더 넓은 세상을 추구해 보겠다고, 나름 사색과 독서로 시간을 채우고 있다우. 명년에는 이 선생에게 더 많은 평안과 행복이 함께 하기를 기원하는 바이오!

박상엽 드림"

[오후 5시 46분 문자 발송]

"고마워요.

존경하며 늘 자랑스런 벗에게 반가운 소식을 받으니 기운이 넘치는구려. 평생을 못 만나도 항상 같이 가는 것 같은 친구가 있지요.

나는 그날을 그날처럼 엄니와 형님 수발에 시간 가는 줄 모르게 보내고 있네요. 그려요. 내년 봄에는 시간을 내서 얼굴 한 번 보고 밥 한 끼 같이 해요.

새해 복 많이 받으시고 건강하시기를 기도합니다. 고맙
고 감동적인 소식에 정말 상쾌한 기운이 돋네요. 반갑고
감사합니다.

성산골에서 이 주"

[오후 6시 29분 문자 답신]

 이달의 독서

*「빈센트의 구두 – 하이데거, 사르트르, 푸코, 데리다의 그림
으로 철학읽기 –」(박정자 저)
*「헤이세이사 1989-2019」(요나하 준 저, 이충원 역)
*「라이더, 경성을 누비다」(김기철 저)
*「도시로 보는 동남아시아사 2」(강희정, 김종호외 저)
*「헨리 키신저의 외교」(헨리 키신저 저, 김성훈 역)

2024년 1월

1일(월)

새해 첫날, 까치가 울지도 않았는데 반가운 손님이 독락당 주인을 찾아오다. 매당이 신년 휘호를 들고 독락당을 심방한 것이렷다.

차를 마시며 담소하다.

놓고 간 휘호는, '明鏡止水'와 '破邪顯正'.
명 경 지 수   파 사 현 정

이 몸이 법조인으로서 더 해야 할 역할이 남아 있는가? 더 분발하고 항시 눈을 부릅뜨라는 의미로 받아들이다.

2일(화)

기성 가족, 독락당을 방문하다. 만찬 후 그곳에서 숙박하다.

3일(수)

선친의 7주기 제사를 모시다.

청수동 아파트로 12인이 모이다.

4일(목)

기성 가족 넷이 독락당을 퇴소하여 강화도로 돌아가다.

6일(토)

제작 의뢰했던 단발 쌍엽 프로펠러기 모형을 인수하다. 산뜻하니 빨강으로 도색되다. 기병선 작가의, 폐품을 활용한 작품이다. 의뢰에서 제작까지 40일 남짓 걸리다.

독락당 거실에 전시하기로 하다.

7일(일)

아내와 함께 넷플릭스 영화 「안데스 설원의 생존자들」(스페인)을 감상하다.

9일(화)

눈 내리는 독락당에서, 무쇠솥 아궁이에 장작불을 지피고 고기를 구워 즐거운 만찬을 펼치다. 아내와 김 교장 부부가 함께하다.

10일(수)

아내, 김 교장 부부와 둘러앉아 독락당 오찬을 즐기다. 오늘이 양현석 남편 생일이라네.

11일(목)

프로펠러기 모형을, 강선을 연결하여 독락당 거실 서까래에 고정시키는 방식으로 공중에 매달다. 창공으로 약간 비스듬히 날아오르는 포즈를 취하다.

선물 보따리를 둘러멘 산타클로스 모형 풍선을, 서재 창문 바깥쪽에 설치하다.

전기 코드를 꽂으면 모형 안으로 공기가 주입되면서 안에 장착된 전등의 조명이 켜지는 방식이다. 마치 산타가 담을 넘거나 창문 안으로 들어가려는 듯한 장면을 연출하다.

주문에서 배달까지 꽤나 시간이 걸린 탓에, 아쉽게도 크리스마스 시즌을 놓치다.

올해 연말에는 제 역할을 톡톡히 해낼 것이다.

13일(토)

김 교장과 부부 동반으로 일본 여행을 떠나다.

청주공항발 간사이공항행 저가 항공편을 이용하다. 간사이공항역에서 교토행 하루카(春花/춘화)급행 열차표를 끊고서도, 잘못하여 순환선 완행열차를 타다. 떠듬떠듬이나마 일본인 승객들과의 일본어 대화를 통해 환승역을 확인, 하차한 후 교토행 후속 급행열차에 오르다. 교토역 앞에 위치한 'Keihan Hotel'에 숙소를 정해 2박 하다.

호텔에 짐을 푼 후 전철을 타고 후시미이나리(伏見稲荷/여우신사·복견도하)를 찾아가, 비가 오락가락하는 와중에 산 정상까지 오르다.

14일(일)

기요미즈데라(清水寺/청수사)와 킨카쿠지(金閣寺/금각사)를 찾아가다. 토후쿠지(東福寺/동복사)에서는, 전통의상 차림의 동경도립대학 궁도부 여학생 셋과

나란히 서서 사진을 찍다. 도시샤(同志社)대학을 방문하여, 정지용·
윤동주 시인의 시비를 찾아 추념하다.

15일(월)

열차 편으로 나라(奈良)의 도다이지(東大寺)를 찾아가다. 다시 교
토로 돌아와 호텔에 맡겨둔 캐리어 등, 짐을 찾아선, 열차 편으로
오사카로 이동하다.

'WELINIS HOTEL'에 투숙하여 2박하다.

16일(화)

오사카성을 찾아가다. 천수각의 내부를 살펴보다. 엘리베이터
로 맨 위층까지 올라갔다가, 계단을 통해 한층 한층 걸어 내려오면

서 관람하는 방식이다. 연못가
(垓子) 벤치에 앉아 소주 한잔
해 자
을 털어넣다.

저녁엔 외국 관광객들로 북
적이는 구역을 벗어나 재래시
장을 찾아 쇼핑을 하고, 사케
집에 들러 몇 종류의 사케와
스시를 맛보아가며 회포를 풀
다. '예천(禮泉)'이란 사케 술병에는 작은 글씨로 '천강감로지출(天降
甘露地出)'이라 하였으니, 가히 술의 감칠맛을 짐작할 수 있도다.

골목 안 우동집에도 들르다. (노포집인 듯. 분주한 손놀림, 간결한 응대
는 분위기에도 딱 어울리다)

17일(수)

역시 저가 항공편으로 간사이공항을 출발, 청주공항을 통해 귀
국하다.

목천에 위치한 '병천전통순대'에서 오찬을 나눈 후 해단, 귀가하다.

18일(목)

넷플릭스 영화 「진주 귀고리를 한 소녀」와 「바보야(김수환 추기경)」
를 아내와 함께 관람하다.

19일(금)

'수요회' 월례회가 18:00 백석동 소재 '피양옥'에서 있어, 아내와
함께 다녀오다.

20일(토)

절기상 대한이다.

아내와 함께 독락당에서 넷플릭스 영화 「오스만 제국의 꿈」 6부
작을 감상하다. 마흐메트 2세의 왈라키아(현 루마니아) 정복 전쟁을
소재로 한 영화다. 스크린 앞에 굳세게 눌러앉아 자리를 지켜나
가다.

21일(일)

아내와 함께 독립기념관 단풍나무 숲길을 산책하다. 나목(裸木)

들이 2열로 도열해 늙수그레한 부부를 반기다. 단풍은 아내의 고운 미소에도 깃들고, 또 나의 가슴 속으로도 숨어든다.

22일(월)

대설주의보 내리다. 폭설이 쏟아지다.

온통 눈으로 뒤덮인 독락당에서, 추억의 영화 「졸업」과 「내 사랑 모디」를 즐기다.

23일(화)

독락당 안팎에 쌓이는 눈을, 3번씩이나 치우다.

청수동 아파트로의 퇴근을 포기하고는, 독락당에서 아내와 함께 영화 「휘트니 휴스턴 - 나는 누군가와 춤을 추고 싶다」와 소피아 로렌 주연의 「자기 앞의 생」을 감상하다.

24일(수)

폭설로 인해, 몇몇 친구들이 만나기로 한 약속이 차후로 변경되다.

독락당을 지키며 영화 「바울 - 그리스도의 사도」와 「마지막 차르」

6부작을 연이어 관람하다. 아내도 줄곧 내 옆자리를 지켜내다.

25일(목)

영화 「바람을 길들인 풍차소년」과 「바브라: 노래와 추억과 마법과!」를 감상하다. 앞의 영화는 말라위를 배경으로 한 이야기이고, 뒤의 것은 가수 겸 배우인 바브라 스트라이샌드의 인생과 관련한 영화다.

아내가 말하다. "이러다가 우리 영화 해설가 되는 거 아냐?"

내가 대꾸하다. "어느 분야든 1만 시간 투자하면 전문가 반열에 오를 수 있지."

아내가 심각한 표정으로 되묻다. "그럼 우리 앞으로 9,800시간 영화 보자는 얘기야?"

27일(토)

아내와 함께 상도동 아파트에서 잠들다.

28일(일)

아내를 옆자리에 태우고 차를 몰아, 김포시 연화봉로 스튜디오에서 있은 손녀 지수의 첫돌 잔치에 참석하여 축하하다.

귀로에 애기봉(愛妓峰) 조강(祖江) 전망대를 탐방하다. 상도동 아파트를 거쳐 청수동으로 귀가하다.

29일(월)

김 교장과 부부 동반으로 청송 기행에 나서다. 당일치기 여정. 09:00 청수동 아파트 출발하다. 원로소설가를 뵐 수 있을까 하였으나, 얄궂게도 '객주문학관'이 정기 휴관이다. 이전에 두어 번 온 적이 있음을 위안 삼다. 특별히 챙겨갔던 코냑은 임자를 만나지 못하다. 청송 오일장이 일행을 즐겁게 만들다. 이것저것 지역 특산품 쇼핑도 하고, 시장 내 토속 식당에서 비빔밥을 참 맛있게도 먹다. 후포항과 망양정, 죽변항을 둘러보다.

귀로에 풍기읍 '약선식당'에서, 맛깔스럽고 우아한 만찬을 즐기다. 고급화된 지역 막걸리가 입에 쩍 붙는 바람에, 한 병으로는 부족해 또 한 병을 추가하다.

21:45 청수동 아파트로 무사히 복귀하다.

31일(수)

　지난번 폭설로 미루어졌던 친구들 모임이 '청당정원'에서 있어 다녀오다. 넷이 모이다. 별일은 없어도, 얼굴 마주함 그 자체가 즐거웁다.

獨樂堂

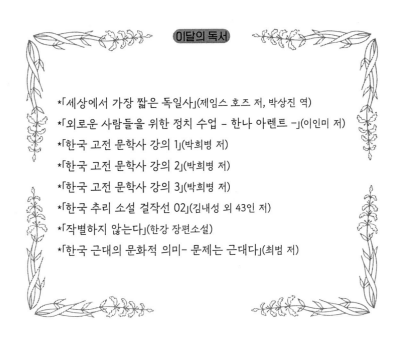

이달의 독서

*「세상에서 가장 짧은 독일사」(제임스 호즈 저, 박상진 역)
*「외로운 사람들을 위한 정치 수업 – 한나 아렌트 –」(이인미 저)
*「한국 고전 문학사 강의 1」(박희병 저)
*「한국 고전 문학사 강의 2」(박희병 저)
*「한국 고전 문학사 강의 3」(박희병 저)
*「한국 추리 소설 걸작선 02」(김내성 외 43인 저)
*「작별하지 않는다」(한강 장편소설)
*「한국 근대의 문화적 의미– 문제는 근대다」(최범 저)

2월

1일(목)

독락당 온실에 완두콩 씨앗 심다.

2일(금)

매당 형이 '입춘대길(立春大吉)' 휘호를 들고 독락당으로 찾아오다. 함께 수신면 소재 '논두렁 밭두렁'으로 이동하여, 능이 해장국으로 오찬을 하다.

3일(토)

아내와 함께 입춘첩을 독락당 출입문에 붙이다.

넷플릭스 영화 「감각의 제국 감독 편」(일본)과 「님아! - 여섯 나라에서 만난 노부부 이야기」 미국, 스페인, 일본 편을 아내와 함께 감상하다.

4일(일)

오늘이 입춘이다.

내친김에 어제에 이어 「님아! - 여섯 나라에서 만난 노부부 이야기」 한국, 브라질, 인도 편을 마저 관람하다.

7일(수)

아내와 함께, 간단한 제물을 준비하여 동곡선영으로 가다.

주변 환경 정비 후, 향을 사르고 술을 따라 묘소 전에 올리다. 동곡에서 자라고 있는 5년생 매화나무 1주를 캐어내, 독락당 뜰에 이식하다.

10일(토)

청수동 아파트에서 설날 차례 의식을 봉행하다. 13인이 참례하다. 제물을 마련하고 음식을 차려내느라, 아내가 수고를 아끼지 아니하다.

11일(일)

아내와 함께 독립기념관 단풍나무 숲길을 한 바퀴 돌다. 이같은 산책은 14일, 17일, 24일, 28일에도 이어지다.

13일(화)

독락당 포도나무 6주의 전지 작업을 하다. 작년 이맘때도 몸소 하여 크게 어긋나지 않았으므로, 자신감을 가지고 달려들다.

경기도 안성에 위치한 국립 한경대학교에 재직 중인 김혁중 교수가, 아들 기현군을 대동하고 독락당을 방문하다. 기현군은 현재 중학교 2학년 학생이다. 김 교수의 중학교 은사인 박철수 형이 다리를 놓다. 김군이 독락당 방문을 통해 그 주인으로부터 자극을 받았으면 좋겠다나?

있는 그대로를 보여주다. 느끼고 안 느끼고, 찾고 못 찾고는 전적으로 학생의 몫으로 남겨두다.

부자가 돌아간 후, 초대된 손님들을 위해 만찬이 베풀어지다. 김 교장과 박 원장, 정 사범과 박 선생, 그리고 전명배 형, 전 형은 직접 재배한 쌀을 한 포대 메고 오다. 김 교장 부인은 나의 아내와 함께 손님들을 위해 음식 수발을 하다.

15일(목)

아내와 함께, 독락당에서 넷플릭스 영화 「The White Crow」, 「조지아의 상인」(다큐멘터리), 「예스, 발레」(인도)를 관람하다.

맨 앞의 영화는 BBC가 제작한, 소련의 무용가 루돌프 누레예프의 서방 망명을 소재로 하여 제작되다.

16일(금)

'수요회' 모임이 18:00 '두정1987한정식'에서 있어, 아내와 함께 참석하다. 부근 지리에 익숙지 아니하여, 왔다 갔다 하며 식당을 찾는데 약간의 애를 먹다.

17일(토)

영화 「Cuba & The Cameraman」(2017, 다큐)과 「Cuba Libre Story」(시리즈 1~ 8)를 아내와 함께 관람하다.

19일(월)

독락당 텃밭에 완두콩 심다.

23일(금)

넷플릭스 영화 「The Post」(스티븐 스필버그 감독작, 메릴 스트립과 톰 행크스 주연), 「Allied」(로버트 젬머키스 감독작, 브래드 피트와 마리온 코티아르 주연), 「Roma」를 아내와 함께 감상하다.

24일(토)

정월 대보름 저녁, 독락당에서 영화 「추락한 스타 - 그는 무엇을 잘못했나」(다큐멘터리, 유명 가수 Diomedes Dionisio Diaz의 영광과 몰락 이야기), 「Bobby Kennedy for President」(다큐멘터리 시리즈 1~4)를 아내와 함께 보다. 아내는 자리에 누워 보는 둥 마는 둥 하더니, 로버트 케네디 관련 시리즈물 중간에 이르러 아예 곯아떨어지다.

25일(일)

정상필, 박주영 부부가 독락당을 방문하다. 오찬을 함께 하면서

환담을 나누다. 부인이 아내와 친구 사이이고, 게다가 부부의 큰딸
이 내 딸과 친구 사이다.

학창 시절의 우정이 나이 60 넘어서까지 변함이 없다. 의리가
남자들 못지않다.

26일(월)

독락당 부근 숲에서 딱따구리 선생 염불하는 소리를, 책 읽는
도중 듣다.

27일(화)

대한노인회와 한국시인협회가 공동주관 하는 '유머와 위트' 시
공모전에 응모 시를 E-mail로 발송하다. '낙화'와 '저녁 설거지', 그
리고 '소백산 자연휴양림'. 발송 이후 위 기관들이 일본노인회가 최
근 전국의 노인들을 대상으로 시행한 위트가 담긴 단가 공모전을
그대로 모방한 사실을 확인하곤, 보낸 시들의 당선 가능성을 아예
접기로 하다.

응모한 시 중 하나인 '낙화'를 여기 남겨놓다.

꽃봉오리 벙근 게 엊그젠가 했는데

밤새 비바람 몰려오더니만

추풍에 낙엽인 양 장엄한 의식으로 치러지는

난분분 낙화

春夜 喜雨에 여명을 다투어 합창하듯
춘 야 희 우

터져 나오는

錦官城 花信은 어데로 가고
금 관 성 화 신

기껏 스쳐 지나가는 밤비에 명줄까지

놓는단 말인가?

滿開의 호사를 한 사날 누렸으면 그뿐,
만 개

과분한 의지는 욕심으로 기울기 쉽고

과욕은 또 다른 집착을 낳게 마련이잖나

꽃 속에 한여름 무성한 나뭇잎 깃들었고

탐스런 가을 열매 위에 봄꽃 또한 아롱져 있나니

자네, 나 봄비에 스러져 간다고 서러워는 마시게

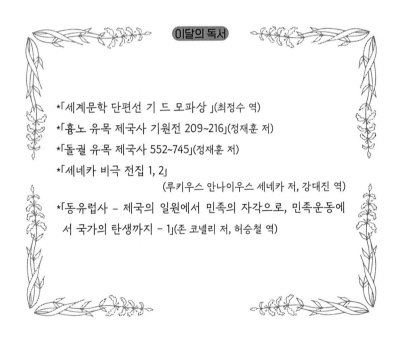

이달의 독서

*「세계문학 단편선 기 드 모파상 」(최정수 역)
*「흉노 유목 제국사 기원전 209~216」(정재훈 저)
*「돌궐 유목 제국사 552~745」(정재훈 저)
*「세네카 비극 전집 1, 2」
　　　　　　　(루키우스 안나이우스 세네카 저, 강대진 역)
*「동유럽사 - 제국의 일원에서 민족의 자각으로, 민족운동에
　서 국가의 탄생까지 - 1」(존 코넬리 저, 허승철 역)

2024년
봄

3월

1일(금)

3·1절이다. 청수동 아파트와 독락당에 태극기를 게양하다. 중
늙은이 신세이다 보니 국경일이라고 특별히 할 일이 없다. 그렇다
고 밖에 나가 돌아다니기에도 모양새가 좋지 않다. 독락당으로 찾
아오는 이도 없는 하루인지라, 평소 하던 대로 독서삼매에 빠지다.

눈이 침침해져 더 이상의 독서가 어려운 상황에서, 아내를 불러
함께 영화 보다.

「로레나 - 샌들의 마라토너」(다큐멘터리, 멕시코), 「미셸 오바마의
Becoming」, 「Vi Tus」(독일)를 감상하다.

4일(월)

김 교장과 부부 동반으로 타일랜드 기행에 나서다. 웬만한 사람
은 다 다녀온 태국인데, 우리 부부는 이번 여행이 처음이다. 13일

귀국 예정.

청주공항에서 't way 항공' 813편으로 출국하다. 돈 므앙 공항
에 도착, 택시로 이동하여 '방콕아시아호텔'에 투숙하다. 이 호텔에
서 3박.

3박 기간 중 '담넌싸두억' 수상 시장과 코끼리 트레킹, '아유타야'
유적지 방문은 더위와의 싸움 그 이상도 이하도 아닌 것으로 결론
나다.

7일(목)

오후 8시5분 방콕중앙역(Krung Thep Aphiwat Central Terminal Sta-
tion / Bang Sue Grand Station) 을 출발하는 치앙마이행 야간열차의 2
등 칸에 탑승하다. 객차에는 에어컨 시설이 없고, 천정에서 덜덜거
리며 몇 대의 선풍기가 돌아갈 뿐이다. 창문을 열어젖히고 또 야
간임에도, 객차 안이 덥다. 북쪽으로 달려 위도와 고도가 높아지
는 새벽녘이 되어서야, 비로소 시원함이 찾아오다. 12시간 30분을
달려, 다음 날 오전 8시 30분경 치앙마이에 도착하다.

8일(금)

치앙마이 'Bossotel' 호텔에서 1박 하다.

9일(토)

　치앙마이 근교 싼-캄팽 유황 온천에서 족욕을 하고 태국 마사지도 받고, 바로 옆에 위치한 'Sippa HotSpring Resort'에서 1박 하다. 숙소 내 6평 됨직한 온천 수영장에서 한밤중 팬티 차림으로 통탕거리다. 솔직히 고백하건대, 나와 집사람은 수영을 전혀 못 한다. 그럼에도 불구하고 다음 날 새벽 똑같은 복장으로, 온천 수영장의 물을 뒤흔들다.

　그 넓은 공간을 두 부부가 호사스럽게 이용하고 더구나 아침의 고요까지도 뒤흔들었으니, 누가 뭐래도 이번 여행의 백미라고나 할까.

10일(일)

　'툭툭이' 차량을 불러 치앙마이로 돌아와선, 차량을 렌트하여 치앙라이로 향하다. 김 교장이 한국에서 국제운전면허증을 발급받아 오긴 했으나, 운전대가 차량의 우측에 달려 있다. 차량이 좌측통행한단 말이다. 한 시간쯤 달리자, 운전이 그런대로 안정을 찾다. 하지만 깜박이등 작동은 적응이 쉽지 않다.

말로만 듣던 '황금의 삼각주(Golden Triangle)'에 도착하여, 3개국 국경선과 어우러진 주변의 풍경을 눈에 담다.

치앙라이로 돌아와 '올드타운'의 야시장을 체험한 후 'WIANG' 호텔에서 1박 하다.

11일(월)

치앙마이로 다시 돌아와, 8일 저녁 묵었던 'Bossotel' 호텔에 투숙, 1박 하다.

독락당 잡필

12일(화)

오전 6시 30분에 치앙마이역을 출발하는 열차의 2등 칸에 탑승하다.

7시 40분 출발 예정의 1등 칸은 매진 상태라, 우리에게는 선택의 여지가 없다.

14시간을 달려, 돈 므앙 공항역에 도착하다. 사서 한 고생이다. 7일 밤낮을 달린다는 시베리아 횡단 열차를 타는 사람들의 인내심과 곤욕을 생각하며 위안 삼다.

13일(수)

't way 항공' 813편으로 00:40 돈 므앙 공항을 이륙하다. 야간 비행 끝에 08:00 청주공항 착륙. 두 곳의 시차는 3시간이다.

저녁에 원성동에 있는 '윤정식당'으로 가, '좋은 친구들' 회합을 갖다.

14일(목)

아내와 함께 독립기념관 단풍나무 숲길을 산책하다.

15일(금)

'문치과 병원'에서 치과 진료를 받다. 첫 단계로 스케일링을 받다.

청룡동 소재 '신천안 모터스'에서 자동차 정기 안전 점검을 필하고 검사필증을 교부받다.

'인켈' 오디오 시스템의 앰프와 스피커 수리를 의뢰하다.

16일(토)

독락당 정원에 노란 꽃의 모란과 다알리아를 심다. 독락당 대문 앞의 공원에 조성한 꽃밭의 환경 정비 작업을 하다.

모든 것을 아내와 함께하다.

18일(월)

'문치과 병원'에 치과 치료를 받으러 다녀오다.

21일(목)

딸 효진과 손녀 지안이 입국하여, 아내와 함께 인천공항으로 가 마중하다. 넷이 상도동 아파트에서 1박 하다.

동평2리 이장이, 주문한 퇴비 6포를 우리 부부가 부재한 상황에서 독락당으로 직접 배달하다.

22일(금)

넷이서 승용차 편으로 천안으로 귀향하다.

도착하자마자, 딸은 치과와 내과 진료를 위해 혼자서 병원에 가다.

23일(토)

독락당 정원의 수선화, 꽃망울을 터뜨리기 시작하다.

26일(화)

2022년 가을 계중 동창들로부터 받았던 축하 난이, 올해에도 개화하다.

오늘 첫 꽃망울이 터지다.

독락당 온실에 상추와 쑥갓 모종을 심다. 지난달에 심었던 완두콩, 발아하길 기다렸으나 온실이건 노지건 불문하고 전혀 싹이 트지 않다. 에서 더 이상 기다려 줄 수는 없다.

27일(수)

김 교장이 흔들형 야외 탁자의 낡은 천 지붕을 대신할 렉산 지붕을 설치하는 작업을, 부인과 함께 시행하다.

'인켈' 오디오 시스템의 수리가 완료되다. 앰프와 스피커, 그리고 카세트테이프 플레이어의 고장이 말끔히 고쳐지다. 독락당 거실에 오디오를 배치하다.

스피커의 볼륨을 한껏 높여 즐겨듣넌 음악에 빠져보리라.

29일(금)

아내와 딸, 손녀를 차에 태우고 운전하여 수신면에 위치한 '홍대용 천문과학관'을 탐방하다.

독락당으로 돌아와, 맥주 캔을 오려 붙여 물고기를 만들어선 야외 탁자 지붕에 매달린 풍경에 이어 달다.

30일(토)

아내와 손녀를 차에 태우고, 함께 진천 오일장을 찾다. 몇 가지 먹거리를 사다. 손녀가 고사리 같은 손으로 붕어빵을 사선 맛있게 먹다.

어린 마음에도, 혼자의 힘으로 먹을 것을 사냈다는 사실을 대
견해 하는 것 같다.

돌아오는 길에, 두부 요릿집에 들러 점심을 먹다.

31일(월)

아내와 함께 동곡선영 배롱나무들의 방한 보온재를 벗겨주고,
잔디 위 잡초를 뽑다. 4시간 일하다.

독락당 정원 울타리에 만들어 매달아 놓은 새집 셋 중 하나에,
드디어 작은 새 한 쌍이 둥지를 틀어 신혼살림을 차린 사실을, 뒤
늦게 확인하다.

獨樂堂

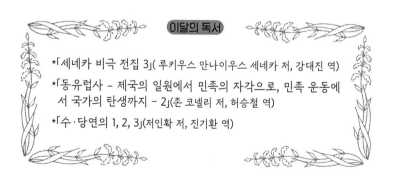

이달의 독서

*「세네카 비극 전집 3」(루키우스 안나이우스 세네카 저, 강대진 역)
*「동유럽사 – 제국의 일원에서 민족의 자각으로, 민족 운동에
　서 국가의 탄생까지 – 2」(존 코넬리 저, 허승철 역)
*「수·당연의 1, 2, 3」(저인확 저, 진기환 역)

4월

1일(월)

딸과 손녀가 서울로 나들이하다. 상도동 아파트에 연이어 3박
하다.

2일(화)

'문치과 병원'에서 치과 치료를 받다.

기성 가족 넷, 독락당에 다녀가다.

4일(목)

사위 재찬 군이 한국에 입국하다.

효진과 지안이 서울 나들이를 마치고 독락당으로 귀환하다.

독락당 뜰의 명자나무가, 진홍색의 첫 꽃망울을 터뜨리다.

독락당 잡필

5일(금)

재찬 군이 독락당을 방문하여, 다 함께 오찬하다.

지안 가족 셋이 조치원 시댁으로 가다.

독락당 채마밭에 퇴비 넣고 삽질, 괭이질하다. 아내와 함께 3시간 노동하다.

저녁에 넷플릭스 영화 「헤어질 결심」(박찬욱 감독작)을 둘이 함께 감상하다.

6일(토)

독락당 텃밭에 두둑 만들고 비닐 씌우다. 양현석과 2시간 협업하다.

정원에 심은 별목련이 첫 꽃망울을 터뜨리다.

7일(일)

동곡선영에 가 잔디 위 잡초 제거하다. 아내는 쑥을 뜯다. 3시간 일하다. 벚꽃이 만개하다.

지안 가족 셋이 인천공항을 통해 출국, 광저우의 집으로 돌아가다.

8일(월)

독락당 축대의 균열 틈을 시멘트로 메꾸는 작업과 데크 페인트칠 하는 작업을, 부부가 함께하다. 메꾸는 일은 내가 주도하고, 칠하는 일은 아내가 주도하다. 작업을 끝내기까지 6시간이 소요되다.

독락당 정원에 전입한 작은 새 부부가 둥지 안에 알 3개를 품기 시작한 것을 뒤늦게 발견하다.

9일(화)

아내가 '서울W내과의원'에서 진료받다.

독락당 정원의 홍도화 꽃봉오리 터지다.

10일(수)

국회의원 선거의 투표를 마친 후 아내와 함께 동곡으로 이동, 퇴비 넣고 두둑 만들어 비닐 씌우는 작업을 하다. 이 자리에 고추 모종을 심을 예정이다. 선영 잔디 위 잡초도 뽑다. 5시간 노동하다. 산벚꽃이 벙글다. 두릅과 오가피 순, 엄나무 순을 채취하다.

독락당으로 돌아와 보니, 그새 영산홍이 첫 꽃망울을 터뜨리다.

11일(목)

오전 일찍 '문치과 병원'으로 가 치료받다.

독락당 정원에 주홍색 튤립꽃 피다.

무쇠솥 아궁이에 불을 지펴, 아내가 뜯어온 쑥을 삶아내다.

12일(금)

독락당에서 영화 「알렉산더」(올리버 스톤 감독작)를, 아내와 함께 관람하다.

17일(수)

독락당 정원 감나무 2주의 접을 붙이다. 처남이 수고해 주다.

김 교장 부부가 찾아와, 뒤뜰에서 삼겹살 파티를 하다.

밤에는 아내가 영화를 보고 싶다고 하여, 기꺼이 호응해 주다.

「귀여운 여인」을 관람하다.

19일(금)

동곡선영 잔디 위로 솟아 나온 잡초를 뽑고, 동부콩과 강낭콩도 심다. 아내가 도라지 씨도 뿌리다. 둘이 6시간 함께 일하다.

둥지의 어미 새 한 쌍이 먹이를 물고 부지런히 들락거리는 것으로 보아, 새끼들이 부화한 것이 틀림없다.

20일(토)

'수요회'의 춘계 야유회 날이다. 09:00 천안박물관을 출발하여 홍성 남당리항에 도착하다. 점심을 먹기에는 다소 이른 시간임에도, 오찬을 시작하다. 여객선에 승선하여 죽도를 탐방하다. 우중임에도 불구하고 일정을 계획대로 강행하다. 13인 참석하다.

귀로에 아내와 함께 예산읍에 들러, 버들국수 1박스와 방울토마토 2박스를 구입하다.

23일(화)

독립기념관 단풍나무 숲길을 양현석과 함께 걷다.

25일과 26일에도 똑같은 일을 반복하다.

26일(금)

무쇠솥 아궁이에 불을 지펴선, 아내가 뜯어 모은 쑥을 삶아내다.

라흐마니노프의 피아노 협주곡 1번부터 4번까지 전곡을 독락당 오디오로 듣다. 묵중한 사운드의 매력에 아내도 함께 빠지다.

27일(토)

동곡선영의 잡초 뽑기를 6시간 하다. 아내는 이골이 나서 말없이 따라 하지만, 남들이 들으면 정말 할 일이 없는 사람이라고 하거나 아님 미쳤다고 할 것이다. 과연 내가 미쳤는지, 그가 돌아버렸는지는 세상이 말해줄 것이다. 차이코프스키의 교향곡 1번부터 3번까지의 전 악장을, 볼륨을 높여 아내와 함께 듣다.

29일(월)

오전 일찍 종묘상에 가, 오이와 참외, 가지와 토마토, 그리고 고추 모종을 사다.

독락당 텃밭에, 사 온 모종을 정성껏 심다.

30일(화)

동곡에 고추 모종 20포기를 심고, 주변 환경도 정비하다.

부부가 나름 부지런히 한다고 했는데도, 6시간이 걸리다.

독락당으로 돌아와선, 쑥과 머위를 가마솥에 삶아내다.

"'4월의 노래'가 끝나는 날입니다.

노랫말은 목월이 이화여고 재직시 지었다네요. 기후 변
화로 목련은 3월의 꽃으로 더 어울리게 되었지요.

이주 선생과의 매칭이 애매하군요.

우리 나이에 이런저런 사정 타의에 의해 생겨나지 않나요?

독락당엔 요즘 미스킴 라일락이 피크이고, 작약이 해산
오늘내일이라오.

새끼 새 3마리 백일상 챙겨주겠다 제의하니, 어미 새 부
부 왈! 넉넉 60일이면 바이바이이니, 가급적 둥지 근처
안 오는 게 도와주는 거라나!"

[오후 9시 16분 박철수 선생에게 문자 발송]

"허허허...

신선께서 머무는 곳이라 다르긴 다르군요!

주인장의 너그러움과 배려하는 넓은 마음이 느껴집니다!

자연과 사람 그리고 생명체가 즐거운 마음으로 함께 공

존하는 곳이라면 그곳이 극락 아닌가요!

모든 만남은 인연 따라 이루어지는 것으로 알고 있습니다!

더 좋은 시기에 만나뵈는 것도 좋은 것 같아요! 감사합

니다. "

[오후 9시 27분 박 선생의 답신]

 이달의 독서

*「수·당 연의 4, 5」(저인확 저, 진기환 역)

*「길가메쉬」(옌스 하르더 저, 주원준 역)

*「8월에 만나요」(가브리엘 가르시아 마르케스 소설, 송병선 역)

*「노예의 길 - 사회주의 계획경제의 진실 -」
　　　　　　　　　　　　　　(프리드리히 A. 하이에크 저, 김이석 역)

*「정치는 왜 실패하는가」(벤 앤셀 저, 박세연 역)

5월

2일(목)

아내를 따라 독립기념관 단풍나무길 산책하다. 원래는 청수동에서 차를 타고 독락당으로 출근하는 길에 아내를 기념관 초입에 내려주면 아내 혼자 단풍나무 숲길을 산책한 후 독락당까지 걸어왔었는데, 인적이 드문 이른 시간대에 여자 혼자 걷기가 무섭다나.

막상 함께 걸어보니 아내의 관점이 근거 없는 것도 아니라서, 아내의 아침 이른 시간대의 산책엔 내가 경호원으로 따라붙기로 합의하다.

그런 이유로 시작된 단풍나무길 산책이 3일, 4일, 8일, 10일, 13일, 14일, 15일, 17일부터 21일까지 매일, 23일, 26일, 27일까지 반복적으로 이어지다.

3일(금)

　연춘리에 위치한 '북면방앗간'에서 쑥 인절미와 쑥 백설기를 만들어, 이웃과 지인들에게 나눠주다. 아내가 뜯고 다듬고 삶아서 모은 쑥을 재료로 만든 떡이다.

4일(토)

　독락당 뜰에 심겨진 수목의 소독 작업을 하다. 김 교장이 분무기와 소독약을 가지고 와 전적으로 맡아서 해 주다. 가까이 오지도 못하게 하여, 뚝 떨어진 거리에서 뒷짐 지고 바라만 보다.

　저녁에는 야간 개장한 독립기념관 단풍나무 숲길을, 김 교장과 부부 동반으로 걷다. 조명도 꽤나 신경을 쓴 것으로 보이다. 윤동주 시인의 '별 헤는 밤'을 테마로 삼다. 5월 한 달간 매 주말마다 3일 연속으로 야간 개장이다.

　김 교장 부부가 돌아간 후, 아내와 함께 고전 명화 「대부」를 감상하다. 아내가 영화 속 다음 장면을 예상하다.

　"저러다가 죽겠는데, 에이! 바보 같으니라구."

5일(일)

어린이날. 멀리 떨어져 있는 손자 손녀들에게 연령에 걸맞게 선물값을 보내다. 둘이서 병천장에 가 사피니아 10본과 별수국과 으아리 각 2본씩을 사오다.

독락당 뜰 화단과 화분에 모양을 내 심다.

호주에 이민 가 살고 있는 아내의 친구로부터 전화가 오다. 아내의 전화번호를 기억하지 못해, 시동생을 통해 나의 전화번호를 확인한 끝에 나와 연결되다.

시동생은 나의 고교 동기로 읍장과 동장을 역임하고 정년퇴직한 친구다. 내 스타일은 아니지만, 통화한 여자분들은 쇠뿔을 단김에 빼기로 의기투합. 저녁 6시에 독락당에서 만나자나. 그렇게 이쪽저쪽 부부와 김 교장 부부가 독락당에서 회합하다. 김 교장 부인도, 이민 가기 전까지는 절친이었다지. 북면 은지리에 위치한 한정식집 '맘 앤 쉐프'로 옮겨가 만찬을 즐기며 담소하다. 하루 종일 비 내리고 있다.

아참! 저녁값은 독락당 주인이 지불하다.

7일(화)

아내와 함께 영화 「건축학 개론」을 감상하다. 영화는 깨지기 쉬운 첫사랑 또는 이루어질 수 없는 사랑을 말하고 있다. 젊은 시절 다들 한 번쯤 겪게 되는 과정이기도 하고……

9일(목)

김 교장과 부부 동반으로, 속리산 중사자암을 심방하다. 보름 전쯤부터 잡혀있던 일정이다. 원래 계획된 날짜는 7일이었으나 비로 인해 이틀 미루어지다. 08:50 배낭들을 메고 주차장을 출발하여 산행을 시작하다. 1시간 40여 분 만에 중사자암에 도착하다. 스님을 찾으니, 지륜 스님은 법당 안에서 홀로이 연등 만드는 작업을 하다가 문을 열고는 장갑 낀 손으로 객을 맞이하다.

불전에 향을 사르고 촛불을 켜고는 삼배를 올리다.

한 시간 남짓 차담을 나눈 후, 작별하고는 이내 하산하다.

왕복 5시간 30분 소요. '옹심이 칼국수'에서 탁주를 곁들여 칼국수와 막국수로 때늦은 오찬을 들다. 곁들인 콩나물무침의 아삭한 식감이 일품이어서, 한 접시 더 주문하여 입을 즐겁게 하다.

10일(금)

오전 9시 반, '문치과 병원'에서 치과 진료를 받다. 오늘로써 일단 치료가 종결되다. 독락당 정원의 새끼 새들, 둥지를 벗어나 창공을 날다. 어미 새 부부 둥지를 버리다. 이로써 곁에서 지켜보는 낙을 일거에 잃어버리다. 허전도 하다. 말은 안 했지만, 여기저기 내갈기는 어른 새들 배설물 닦아내는 것은 고역이었다.

자! 더 이상 불평하지 말라.

섣불리 함부로 인연 짓지도 말라.

세상 모두가 그저 자연의 질서와 섭리에 의해 나고 소멸할 뿐.

뜰의 작약 첫 꽃망울 터지다. 때죽나무도 이에 질세라, 작고 흰 꽃봉오리 톡톡 터뜨리다.

11일(토)

동곡에 심은 강낭콩과 동부콩의 줄기 옆 흙을 파고, 일일이 비료를 넣어주다. 사이좋게 내가 반, 아내가 나머지 반을 맡아 처리하다. 선영 잡초를 뽑다. 내가 이기는지, 네가 이기는지 정말 한번 해볼까나? 말은 허투루 내뱉어보지만, 인간이 잡초를 이길 수는 없다. 그걸 번연히 알면서도, 나는 오늘도 잡초를 뽑는다.

일하는 동안 마음이 편안하기도 하거니와, 나의 선친께서도 내가 잡초 뽑고 가는 걸 좋아하신다.

큰며느리가 뽑으면 더 좋아하신다.

저녁을 먹고 설거지를 끝내놓고는, 부부가 오붓하니 나란히 앉아 영화를 보다. 「베나지르를 위한 3개의 노래」(다큐멘터리)를 보고, 이어서 「서울의 봄」을 관람하다. 배우 황정민과 정우성의 연기가 농익다.

12일(일)

아내와 함께 목천읍 송전리에 위치한, 박상헌 소장님 농장을 방문하다. 농업기술센터 소장으로 퇴직하시다. 10여 년 전 한두 번

간 적이 있는데도, 지형이 영 낯설다. 계곡의 양쪽으로 새로이 늘어선 주택들이 있는 데다가, 숲이 빽빽하니 우거지다. 얼추 다 온 것 같은데도 인기척조차 없어 휴대폰을 연결하여 통화하는데, 차 옆좌석의 아내가 숲속 바로 아래에서 전화 받는 이의 육성이 들린다고 하다.

상대를 코앞에 두고도 못 찾다니, 이럴 수가 있을까?

농장에서 자라고 있는 꽃과 나무들을 구경하다. 숲속 쉼터에서 차를 마시며 담소하다. 다래와 수국, 능소화와 미스킴 라일락, 그리고 붓꽃과 나리 구근을 분양받다. 우와, 이렇게나 많이!

차 트렁크를 꽉 채우고 뒷좌석에도 싣다.

서둘러 독락당으로 돌아와선, 아내와 함께 해 질 녘까지 정원 구석구석에 꽃과 나무들을 심다.

13일(월)

무쇠솥 아궁이에 불을 지펴선 쑥을 삶아내다.

독락당 뜰의 분홍장미와 노란색 매발톱 꽃봉오리가 '톡' 터지다.

정원 한켠 포인트목인 소나무 그늘 아래에, 김 교장이 기증한 고

풍스런 나무 의자를 놓다.

16일(목)

김홍 선배님과 박상헌 소장님, 김 교장을 독락당으로 초대하여 만찬을 갖다. 집사람과 김 교장 부인이, 전통 방식으로 토종닭을 삶고 백숙을 만들어내다. 데크에 식탁을 차려 전원 풍광을 음미하면서 식사하였으나, 해가 지자 바람이 일어 다소간 추위를 타다. 와인으로 입맛을 돋운 다음 보드카를 마시다.

술병 앞에서 나이를 생각하지 않을 수 없게 되고, 그래서 또 자제할 수밖에 없게 되었음을 한(恨)하다.

17일(금)

유량동에 있는 '향촌흑염소가든'에서 개최된 '수요회' 월례회에, 부부가 나란히 다녀오다.

18일(토)

석양 무렵, 정원에 놓여 있는 야외 테이블에 아내와 마주 앉아 맥주를 마시면서 독락당의 풍광과 운치를 두루 섭렵하다. 자칭 '가든파티'라고 이름을 붙이다.

알싸한 맥주 마심의 여운이 남아 있는 상태에서 영화 「The Hours」(메릴 스트립,니콜 키드먼 주연)와 「Chicago」(뮤지컬)를 감상하다.

20일(월)

독락당 뜰에 서 있는 노각나무가 첫 꽃망울을 터뜨리다. 작은 흰 꽃이 앙증맞다.

21일(화)

가칭 「獨樂堂 雜筆」의 집필을 시작하다.
독 락 당 잡 필

22일(수)

화분에 심겨진 채송화가, 첫 꽃송이를 붉게 터뜨리다.

아내와 함께 독락당 텃밭에 심은 오이와 토마토, 가지의 지지대를 박고 줄을 매주다.

18:00 공주 '정안 글램핑'에서 있은 '좋은 친구들' 모임에 아내와

함께 참석하다. 4팀이 부부 동반으로, 한 팀은 부인이 컨디션이 안좋은 관계로 솔로로 오다. 술기운이 도는 와중에 자진하여 앞으로 나가 5분 스피치를 하고, 노래까지 부르다. 만월이 동편 하늘에서 노래하는 이의 얼굴을 정면으로 환히 비추다.

노세 노세 젊어서 놀아

늙어지면 못 노나니

화무는 십일홍이오

달도 차면 기우나니라

얼씨구 절씨구 차차차

지화자 좋구나 차차차

만화방창 때는 좋다

아니 노지는 못하리라 차차차

23일(목)

독립기념관 단풍나무 숲길 산책을 막 끝낼 무렵, 아내가 'K-컬처 페스티벌' 컴퓨터자수 전문기업 부스에서 괜찮아 보이는 치마를 발견, 허리에 두른 채 거울 앞에 서 보고 나의 반응까지 확인한 후 구매하다. 걸맞는 저고리는 맞는 사이즈가 없어, 제작해서 택배로 보내주기로 하다. 저고리값까지도 남편이 기꺼이 계산하다.

업체의 이름이 예쁘다. '운경(雲耕)'

24일(금)

오후 1시부터 3시 반까지 독립기념관 내 컨벤션 센터에서 있은 'K-한류, 영화부터 K-Pop까지, K-컬처를 관통하는 Killing Point'의 강의를 듣다. 음악평론가 임진모 외 4인이 강사로 나서다. 나의 강의 수강에는 아내와 김 교장 부부가 따라나서다.

공부의 결실에 더하여 행운이 겹치다. 행운권 추첨으로 1만 원 상당의 '스타벅스' 커피를 맛볼 기회를 주워 담았으니 말이다. 그것도 4명 중 2명이 당첨되었으니 무려 50%의 행운이다.

강의 수강 후, 분재와 부채 공방 체험을 하다. 음식 판매 코너에서 구입한 음식으로 요기를 한 후, K-Pop 공연을 관람하다.

25일(토)

매당 부부를 오래간만에 독락당으로 초대하여, 만찬을 베풀다. 요즘에는 매당의 일상이 워낙 바빠, 교류가 빈번하지 못하다.

매당이 한산 소곡주 한 병을 두 손으로 꼬옥 안고 오다. 부인은 잘 익은 청국장을 들고 오다. 어둠이 짙도록, 둘이 권커니 잣거니 해가며 불콰한 기운으로 얼굴을 칠하다.

26일(일)

매당이 부근 국궁장 활터에 왔다가 독락당을 찾아오다. 텃밭의 오이와 토마토 지지대 설치의 허점을 일일이 지적해가며, 뽑고 끊어내고는 다시 설치해 주다. 고맙다는 의미로, 읍사무소 앞 '어죽 대부'로 옮겨가 새우전과 어죽을 사다.

땀 흘려 먹고 나니, 지난밤의 숙취로 인한 속쓰림이 말끔히 해장되다.

오후부터 요란한 비가 내리더니, 밤새 비바람 이어지다.

27일(월)

독락당 화단의 달맞이꽃이 노란 자태를 드러내다.

포도나무 6주의 뿌리둘레를 파고, 유기질 비료를 넣어주다.

나뭇잎 아래 삐죽 내민 열매 줄기마다 깨알 크기의 포도 알갱이 올망졸망 맺히다.

28일(화)

월초에 계획을 짜놓았던 화순 기행을 실행에 옮기다. 1박 2일 일정. 아내에다가 김 교장 부부가 합류하다. 정확하게 표현하자면, 김 교장이 주도하는 여행 일정에 그의 부인과 우리 부부가 합세하다.

청수동 아파트 06:00 출발. 김 교장이 자기 차에 일행을 태우고 운전하다.

화순적벽(赤壁)을 탐방한 후, 넷이서 백아산(白鵝山) 하늘다리를 목표로 등산하다. 3시간이 소요되다.

리조트에서의 저녁은 너무나도 간단한 식사였음에도 (가져온 김과 참치김치찌개, 그리고 갓 지어낸 흰밥이 전부였다) 시장이 반찬이라는 사실을 새삼 깨닫다.

금호리조트 1116호 투숙, 1박 하다.

29일(수)

새벽 해뜨기 전 리조트 발코니 아래로 내려다보이는, 물안개 피어오르는 산하의 풍광이 가히 몽환적이다. 리조트에서 간단히 아침 식사를 해결하곤 순례에 나서다. 물길을 좇아 물염정(勿染亭)과 물염적벽, 창랑(滄浪)적벽을 주유하다. 물염정은 아쉽게도 보수공사 중이라 가림막에 가려져 있다.

동복면으로 옮겨가, '오지호 기념관'과 그의 생가를 찾다. 따뜻한 톤의 작품들을 눈에 넣는 호강을 하다. 생가는 그런대로 잘 보존되어 있다. 당국으로부터 근대 역사 건축물로 지정되어 있기도 하다. 앞뒤로 너른 정원 공간의 관리 부족이 눈에 거슬리다.

김삿갓이 전국 8도 방랑 끝에 죽음을 맞이한 종명지도 부근에 있다. 해학과 풍자로 흘러넘치는 시인의 한시들이 대리석에 새겨져

도열하듯 늘어서다.

연둔리 '숲정이'를 찾아, 하천을 따라 길게 늘어선 아름드리 숲길을 따라 느긋하니 산책을 즐기다. 방풍림도 아니고, 특이하게 홍수로부터 마을을 보호하기 위한 목적으로 형성되다. 큰물이 났을 때 물 흐름을 느리게 하고, 평소 부락민들의 휴식 공간으로 활용하기도 하는 '방천(防川)'이라는 시설이 둑을 따라 여럿 설치되다.

이웃한 사평면으로 이동하여, 사평기정떡을 구매하다.

곡성군으로 넘어가 옥과 오일장을 보고 난 후, '미연복집'에서 정식으로 늦은 오찬을 하고는 귀향길에 오르다.

18:00 퇴근 시간에 맞추어 청수동 아파트에 도착하다.

30일(목)

넷플릭스 영화 「사랑이 지나간 자리」와 「소풍」(김용균 감독작, 나문희·김영옥·박근형 주연)을, 아내와 함께 감상하다.

능소화와 담쟁이덩굴이 독락당 외벽을 본격적으로 타고 오르기 시작하다.

31일(금)

아내와 함께 서둘러 동곡선영으로 가서, 선친 묘소 벌초하다.

서두름은 한낮의 더위를 피하기 위한 방편이다.

3시간 부지런히 작업하여, 오전에 끝내다.

기성 가족 넷이 독락당을 방문하다. 아들이 근무를 마치고 강화도를 출발하느라, 밤 11시가 가까워서야 독락당에 도착하다.

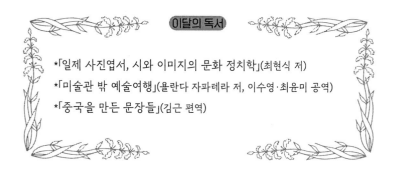

이달의 독서

*「일제 사진엽서, 시와 이미지의 문화 정치학」(최현식 저)
*「미술관 밖 예술여행」(율란다 자파테라 저, 이수영·최윤미 공역)
*「중국을 만든 문장들」(김근 편역)